Hinweis: Alle Figuren und Handlungen dieses Werkes sind frei erfunden. Etwaige Ähnlichkeiten mit lebenden oder verstorbenen Personen oder tatsächlichen Begebenheiten wären rein zufällig.

Bibliografische Information der Deutschen Nationalbibliothek: Die Deutsche Nationalbibliothek verzeichnet diese Publikation in der Deutschen Nationalbiografie; detaillierte bibliografische Daten sind im Internet über dnb.dnb.de abrufbar.

Korrektorat und Coverbild: Vanessa Klischat, Freiburg

Herstellung und Verlag: BoD – Books on Demand, Norderstedt

ISBN: 978-3-7534-4417-8

Zwei im Trab sind wie Einer im Galopp

-Zwei Doofe, ein Chaos-

Kapitel

Kapitel 1

Das Chaos nimmt seinen Lauf

Die Wohnungstür fiel ins Schloss. Etwas lauter als gewohnt. Marie schnappte sich die beiden vorbereiteten Gläser Rotwein und lief in den Flur, um ihrer Partnerin Sina entgegenzugehen. „Schön, dass du endlich da bist! Hattest du einen anstrengenden Arbeitstag? Ich habe uns einen leckeren Wein besorgt.", strahlte sie und reichte ihr eines der Gläser. Sina allerdings hatte einen ernsten Gesichtsausdruck und beachtete die Geste des Empfangs nicht. „Wir müssen reden.", erklärte Sina. Beide nahmen auf der Couch im Wohnzimmer Platz. Marie verspürte einen ansteigenden Druck in der Magengegend. Sie waren jetzt seit über acht Jahren ein Paar, mit Höhen und Tiefen, vieles hatten sie in der Zeit gemeinsam gemeistert, einiges war nicht mehr wie am Anfang, klar. Trotzdem zweifelte Marie nie daran, dass sie gemeinsam alt werden würden. Sinas Blick an diesem Abend ließ Marie allerdings vorausahnen, dass ab jetzt nichts mehr so sein würde wie bisher.

„Ich bin nicht mehr glücklich. Es muss sich einiges in meinem Leben ändern. Wir fangen damit an, dass du ausziehst, am liebsten sofort. Ich kann dir beim Packen deiner Sachen helfen, um es zu beschleunigen. Deine Möbel holst du dann später.", gab Sina, wie einstudiert, von sich. Marie rang um Fassung. Seltsamerweise gelang es ihr recht gut Haltung zu bewahren. Eine Gabe die Sina immer als Gefühlskälte bezeichnet hatte. Marie war aber genau deshalb in der Lage zu realisieren, dass sie Sina mit nichts mehr umstimmen würde. Wer nach den vielen gemeinsamen Jahren mit so einer Neuigkeit aufwartet, der hat sich das sehr gut überlegt, dachte Marie. Sie packte schnell einige ihrer persönlichen Dinge zusammen und trug sie in den Flur, um sich dort ihre Jacke und Schuhe anzuziehen. Ein vorsichtiger Blick zu Sina zeigte, dass auch sie die Situation nicht völlig unberührt ließ. „Lass bitte deinen Wohnungsschlüssel da, bevor du gehst.", meinte diese mit leiser, aber bestimmender Stimme. Marie warf die Schlüssel auf die Kommode, nahm ihre Taschen und verließ die Wohnung, ihr Leben der letzten Jahre, ihre Frau.

Am Auto angekommen, fuhr sie sofort los, fast so als wäre sie auf der Flucht vor der letzten Stunde. Nach einer Weile bemerkte Marie, dass sie überhaupt kein Ziel hatte. Sie hielt auf einem Parkplatz an, überdachte ihre Situation und dabei liefen ihr nun die ersten Tränen über die Wangen. Als sie sich wieder etwas beruhigt hatte, suchte sie nach ihrem Handy und starrte auf Thommys Nummer. Thommy war Maries bester Freund, Arbeitskollege und auch gerade frischer Single. Seine Ex-Freundin war so freundlich gewesen, in seiner Abwesenheit nicht nur sich selbst zu entfernen, sondern auch seine Möbel. Als der Ärmste nach Hause kam, gab es nur noch den Hund auf seinem Kissen und die billige, aber zweckmäßige Einbauküche, die sich ihrem dilettantischen Versuch abgeschraubt zu werden offensichtlich erfolgreich widersetzt hatte und nur deshalb noch da war, auch wenn sie erst wieder ordentlich festgeschraubt werden musste. Vielleicht bestand Sina vorsichtshalber deshalb auf die sofortige Schlüsselabgabe, dachte Marie. Sie seufzte und rief Thommy an. Der ging auch sofort ran: „Hey mein Hase, schön von dir zu hören. Ich wollte dich auch gerade belästigen und fragen, ob du mir bei der Auswahl neuer Möbel behilflich sein würdest?"

In diesem Augenblick schoss Marie eine Idee durch den Kopf: „Was würdest du antworten, wenn ich dir sage, dass du nur ein neues Bett benötigst?" Stille am anderen Ende. „Was ist passiert? Deine Stimme klingt komisch.", fragte Thommy ganz vorsichtig. Marie berichtete Thommy von ihrem Abend und dabei kullerten erneut die Tränen. „Dann mache dich auf den Weg zu mir ins schöne Kreuzberg, das wird ja jetzt scheinbar erstmal deine neue Heimat, wenn ich den Plan richtig durchschaue. Die Wohnung ist groß genug für eine kleine Wohngemeinschaft. Ich stelle schon mal das Bier kalt.", hörte Marie erleichtert aus ihrem Mobiltelefon als Einladung von Thommy. Marie startete den Motor, sie hatte endlich wieder ein Ziel, vielleicht ein für sie völlig neuartiges Lebensmodell, welches sie allzu gerne bereit war auszuprobieren.

Weniger als eine Stunde später war Marie bei Thommy angekommen. Sie war wie bei jedem Besuch dort verwundert darüber wie Thommy mitten in Berlin-Kreuzberg wohnte, denn er bewohnte eines der typischen Kreuzberger Hinterhofgartenhäuser. Das waren ehemalige Ställe, oder kleine Lagerbaracken, oder alte Werkstätten, die inzwischen zu schönen, kleinen Wohnhäusern ausgebaut wurden, welche über dem Erdgeschoss oft noch über ein wohnliches dazugehöriges Dachgeschoss verfügten. Thommy hatte sogar noch einen kleinen Garten um sein Hinterhofhäuschen, dass an den Seitenflügel des Nachbargrundstücks angrenzte, auf dem ein ganz ähnliches Gartenhäuschen stand. Ungefähr ein Viertel des Hinterhofs bestand aus Thommys Garten, der mit einem kleinen Zaun fast schon spießbürgerlich abgegrenzt war. Das gesamte vierstöckige Vorderhaus mit Seitenflügel und dem kleinen Gartenhaus gehörte ursprünglich mal Thommys Onkel, der dies als er selbst kinderlos verstarb, seinen Neffen und Nichten hinterließ. Diese teilten alle Wohnungen untereinander als Eigentumswohnungen auf, einige nutzten ihre Wohnung selbst oder vermieteten diese weiter, ein paar Wohnungen wurden auch verkauft und Thommy selbst blieb dann der alte Stall, den er über viele Jahre zu seinem Hinterhofgartenhaus ausbaute und eine kleine Wohnung mit drei Zimmern im zweiten Obergeschoss des Vorderhauses, die er an seinen alten Schulfreund Alex zu einem fairen Preis vermietet hatte, der dort mit seiner Frau Susi und ihrer Tochter Klara wohnte. Manchmal konnte ein uneingeweihter Beobachter aber auch leicht den Eindruck gewinnen, Thommy und Alex würden zusammen im Garten des Gartenhäuschens wohnen, vor allem im Sommer, wenn sie den Grill aufstellten und mit einem Kasten Bier bis zum nächsten Morgen im Garten saßen. Aber Susi fand daran nichts Anstößiges, konnte sie doch aus ihrem Badezimmerfenster beide ganz gut beobachten und sich und Klara beizeiten ihren Anteil am Grillgut sichern. An den Wochenenden, wenn Thommys Teenagertochter Mareike aus dem Sportinternat von Freitag bis Sonntag bei ihm Zuhause war, gesellten sich Susi und Klara gerne zu Thommy und Alex, um mit Mareike den neuesten Tratsch aus Kreuzberg und dem Sportinternat in Potsdam auszutauschen. Wenn dann manchmal noch Marie zu Besuch war, war die Bande komplett und es ergaben sich oft spontane Partys. Marie brachte meist auch noch zusätzlichen Gin mit, denn den bevorzugte die weibliche Mehrheit der Gartenpartybande.

Diesmal war ihr Besuch aber nun anders gelagert. Marie ging durch die Vordertür des Hausflurs des Vorderhauses, zu der sie schon seit Jahren einen eigenen Schlüssel hatte, einfach, weil Thommy zu faul war jedes Mal bis zu seinem Türöffner zu laufen, wenn sie ihn mal besuchte. Thommy saß schon im Garten auf der kleinen Terrasse am Gartentisch und hatte bereits zwei Biergläser zur Begrüßung gefüllt. „Na Häschen, komm erst mal an den Tisch, auf den Schreck haben wir uns ein Bierchen verdient.", rief er Marie entgegen, die sich freute endlich angekommen zu sein. Sie setzte sich erst mal in den Gartenstuhl, stieß mit Thommy an, nahm einen großen Schluck Bier und blickte in Thommys Gesicht, dass den Eindruck machte, als wolle er gleich etwas Bedeutungsschweres formulieren. Sie kannte ihn nach all den Jahren seitdem sie nun schon gemeinsam in ihrer Behörde in Kreuzberg arbeiteten und fast schon genauso lange befreundet waren bereits so gut, dass sie seine Mimik meist sofort richtig deuten konnte. Thommy setzte auch sofort an und eröffnete seine Ansprache mit den Worten: „Pass mal auf Häschen, ich habe mir Gedanken gemacht. Du bist jetzt ohne Wohnung und Lebensgefährtin, hast aber noch deine gesamte Wohnungseinrichtung, denn wenn ich es richtig behalten habe, hast du ja einen Großteil eurer Wohnung damals eingerichtet, weil deine Holde Sina außer Schulden nichts Materielles in eure Beziehung eingebracht hatte. Ich meinerseits bin, seit meine holde Lebensabschnittsgefährtin Karo sich kürzlich für einen überraschenden, wenn auch sicher heimlich länger geplanten Spontanauszug entschieden hat, ebenfalls ohne Lebensgefährtin und zusätzlich auch noch ohne Wohnungseinrichtung, da sich Karo dazu entschlossen hatte mein gesamtes Inventar mitzunehmen. Obwohl sie ebenfalls nichts Materielles, außer Schulden in unsere Beziehung eingebracht hatte. Lass uns doch morgen einfach deine Einrichtung holen, mein Gartenhäuschen damit einrichten und hier als

Miniwohngemeinschaft zusammenwohnen, zumindest vorerst und wenn es nicht klappen sollte, können wir beide als vernünftige, seriöse Menschen ja immer noch überlegen wie es dann weiter oder besser gehen könnte."

Marie überlegte nicht lange und sagte sofort zu. Sie musste über Thommys gewichtige Ansprache noch schmunzeln und dachte daran, wie der kleine Teddybär seine gesamte Einrichtung verloren hatte. Seine Ex-Freundin Karo hatte doch allen Ernstes eine Trennung vorgeschlagen und Thommy hatte sich auch gar nicht dagegen gesträubt, frei nach seinem gelebten Motto: „Reisende soll man nicht aufhalten." Karo fragte dann Thommy natürlich noch, wann sie denn ihre Sachen abholen könnte und der antwortete ihr in seiner gewohnt unaufgeregten Art, sie könne die jederzeit abholen und wenn er nicht da sei, könne sie ihren Schlüssel gerne so lange behalten und sich die Tür damit öffnen und ihre Sachen holen. Im Anschluss solle sie dann, falls er nicht da wäre, einfach ihren Schlüssel danach in seinen Briefkasten werfen, zwei erwachsene Menschen können dies ja wohl ohne großen Aufwand vernünftig regeln. Als er dann vor ein

paar Tagen von der Arbeit nach Haus kam, fand er im Briefkasten den Schlüssel mit einem Zettel von Karo dran, mit dem sie sich bedankte und ihm mitteilte, dass sie nun alles geholt hätte. Thommy wunderte sich zwar, dass Karo tatsächlich mitten in der Woche, während der Arbeitszeit erschienen war, wenn sie wusste, dass er auf alle Fälle nicht da sein könne, sondern arbeiten wäre, aber egal, wenigstens wäre dann jetzt alles erledigt dachte er sich. Was Karo damit meinte alles geholt zu haben, wurde ihm wenig später klar, als er seine Haustür aufschloss und dabei so eine komische, eigenartige, hallende Kulisse wahrnahm. Als die Tür ganz aufgeschwungen war bemerkte er den Grund dafür, sein Gartenhaus war leer, besenrein leer, nur die noch sichtlich verwirrte Schnauzerhündin saß auf ihrem Kissen, dass sie offenbar tapfer verteidigt hatte und schaute ihn mit großen Knopfaugen an. Die Küchenschränke waren auch noch da, offenbar war an denen rumgeschraubt worden, aber so leicht waren die nicht abzubauen und so blieben sie wohl einfach halbabgeschraubt auf halb acht hängen.
Der Rest war weg, komplett weg, selbst sein

alter Fernseher war weg, seine Tibet Teppiche
waren ebenso verschwunden wie seine Möbel
und der Rest des Hausstandes einschließlich
auch des letzten Salzstreuers und der
angebrochenen Tüte mit Soßenbinder.
Bemerkenswert daran war neben der Präzision
der Arbeit beim Abtransport und der zeitlichen
Planung, auch vor allem der Umstand, dass
nichts, aber auch gar nichts davon Karo gehört
hatte, denn Thommy hatte sein Gartenhaus
schon komplett auf eigene Kosten eingerichtet,
bevor er Karo überhaupt kennengelernt hatte.
Offenbar war diese also daran interessiert ihm
eins auszuwischen und gerade deshalb
entschloss er sich gar nicht zu reagieren und sich
beizeiten einfach neu einzurichten. Von seinem
kleinsten Bruder bekam er zwei alte, stabile
Gartenklappliegen zum Schlafen und eine
überschüssige Garnitur Bettwäsche und sein
mittlerer Bruder hatte noch einen alten
Fernseher und etwas altes Geschirr übrig, damit
Thommy wenigstens halbwegs ausgestattet war.
In einer Ecke lagen noch seine übersichtlichen
Bekleidungsbestände lose rum und daneben
seine Plastiktüte mit seinen persönlichen

Unterlagen und Papieren. Selbst seine beiden Bierkästen hatte Karo mitgenommen, dabei trank die gar kein Bier, aber vielleicht haben ja die Umzugshelfer unterwegs Durst bekommen und mussten versorgt werden. Jedenfalls musste Thommy sich also erst mal ein paar neue Bierkästen besorgen, setzte sich mit einem Bier in den Garten an den Gartentisch, den Karo offensichtlich schlichtweg vergessen hatte und rief Marie an, um ihr alles brühwarm ganz genau zu erzählen. Marie antwortete ihm damals scherzhaft aufmunternd nur mit einem: „Glück gehabt mein Kleiner, die hat sowieso nicht zu dir gepasst, vielleicht machen wir beide mal irgendwann eine Wohngemeinschaft auf, ich glaube wir würden uns sicher gut vertragen und ergänzen. Du weißt ja, zwei gemächliche Menschen wie wir, die sich maximal im Trab bewegen, machen genauso viel Gesamtstrecke wie ein einzelner hektischer Mensch, der im Galopp unterwegs ist."

Wie recht sie doch dabei behalten sollte und ganz nebenbei prägte sie dabei auch gleich noch ihr neues gemeinsames Lebensmotto: „Zwei im Trab sind wie einer im Galopp."

Nun saßen sie also zusammen und verbrachten ihren ersten Abend als Miniwohngemeinschaft zu zweit. Nach einigen Bieren fingen sie an einen ersten Plan zu machen.

Es bot sich geradezu an, morgen früh ordentlich und in Ruhe zu frühstücken und dann mit einem Mietumzugswagen bei Sina, in Maries alter gemeinsamer Wohnung, vorbeizufahren und Maries Einrichtungsgegenstände abzuholen. Dazu waren nur drei Schritte vorab nötig, die Marie aber noch erledigen konnte, bevor der erste Wohngemeinschaftstag in einem verdienten Alkoholexzess enden würde. Als Erstes musste sie Sina anrufen und mit ihr ausmachen, dass sie morgen ihre paar Sachen abholen kommen wollen würde. Dazu musste Sina gar nicht unbedingt erfahren, dass ihr dabei die Wohnung gründlich ausgeräumt werden würde, denn erstens wäre die Überraschung dann viel schöner und zweitens hätte sie dann Zeit gehabt das Vorhaben zu verzögern oder irgendwie zu behindern. Als Zweites musste Marie eine Liste machen, was an der Einrichtung ihr allein gehören würde und dies notfalls mit Rechnungen und Quittungen belegen können.

Ordentlich wie sie war, hatte sie ihren recht großen Unterlagenordner gleich mitgebracht und heftete eifrig nummerierte Rechnungen an ihre Abholliste. Eine weitere Liste betraf die gemeinsamen Anschaffungen, zu der sie Sina das Angebot machen wollte sie fair auszuzahlen oder das Zeug gemeinsam zu verkaufen und den Erlös zu teilen. Da sie wusste, dass Sina nie Geld hatte, hatte sie auch gleich die Sachen online zum Verkauf in diversen Plattformen eingestellt. Zum Dritten musste Marie einen Umzugswagen mieten, was sie gleich nach dem Telefonat mit Sina, in dem diese den morgigen Abholtermin nichtsahnend bestätigt hatte, erledigte, indem sie geschwind eine Fahrzeugverleihfirma mit geschwantem Tippen auf ihrem iPhone fand und einen Umzugslaster mietete. Die arme Sina tat Thommy fast schon leid, die dachte bestimmt auf eine zutiefst geknickte Marie zu stoßen, die kleinlaut noch ein paar Bekleidungsstücke aus dem Schrank holen und sich dann lautlos wieder verziehen würde. Dass die dann gleich ihren Schrank mitnehmen würde, konnte sie wohl gar nicht ahnen. Aber Marie hatte wieder Boden unter den Füßen und Frauen denen übel mitgespielt wurde haben eben mitunter einen ganz eigenen Sinn für ein angemessenes Handeln als Reaktion. Thommy ahnte auch schon in etwa den Ablauf der ganzen Aktion, denn auch er kannte Marie inzwischen so gut, dass er das haargenau voraussagen konnte. Marie würde vermutlich ganz freundlich klingeln und sich melden, dann Sina die Liste mit Kopien ihrer Rechnungen in die Hand drücken und ihr mit ganz ruhiger Stimme erklären, dass sie jetzt alle ihre Sachen holen würde und ihr gerne beim Auspacken ihrer eigenen Sachen aus ihren Schränken helfen könne. Nachdem sie dann mit Thommys Hilfe und mit der Unterstützung ihres gemeinsamen Freundes Alex aus der zweiten Etage des Vorderhaus, den sie am Abend noch als Umzugshelfer gewinnen konnten und der sich diabolisch auf diese Aktion freute, die Einrichtungsgegenstände von Marie auf dem Umzugswagen verstaut hätten, würde sie sicher der völlig verdutzten Sina die zweite Liste mit den gemeinsamen Sachen unter die Nase halten und sie fragen ob sie ihr ein für beide Seiten faires Auszahlangebot machen wolle. Oder ob sie die Sachen über die Verkaufsplattformen gemeinsam verkaufen und den Erlös teilen wollen. Gesagt getan, nach einem ausgiebigen, ordentlichen Frühstück, zusammen mit Alex, machten sich die Drei auf den Weg und der Ablauf spielte sich genauso ab, wie Thommy es vorhergesehen hatte. Einzig das komische, wohlgefällige, aber verdiente Grinsen von Marie auf der Rückfahrt nach Kreuzberg, als sie an der üblichen Staustelle der Skalitzer Straße vor dem Kottbusser Tor standen, hatte Thommy so nicht vorausahnen können. Dieses seltsame Grinsen baute sich aus einem kaum bemerkbaren, leicht an Lächeln erinnernden Hochziehen von Maries Mundwinkeln auf, als Sina unter Tränen, mit Blick auf den gut gefüllten Umzugswagen und ihrer nun entsprechend weniger gefüllten Wohnung, Marie anbot doch noch einmal über alles zu sprechen und vielleicht eine andere Lösung zu finden. Es erweiterte sich zu einem genussvollen Lächeln, seit sie über die alte Oberbaumbrücke nach Kreuzberg einfuhren und Marie mit einer triumphalen Bewegung ihren Unterarm mit der geballten Faust gerade soweit ruckartig zurückzog, bis der Ellenbogen in Hüfthöhe ankam und sie das noch unterlegte mit einem: „Ja, so sollte es sein, du Ass." Bis dann schließlich seit der Skalitzer Straße ein triumphales Grinsen ihr Gesicht schmückte.

Da waren sie nun, ein voller Umzugswagen, vor einem noch ziemlich leeren Gartenhinterhaus im Paul-Lincke-Ufer in Kreuzberg, die neue kleine Wohngemeinschaft Thommy und Marie und ihr Freund Alex, die sich bereits darauf freuten als kleine Stärkung ein paar leckere Grillwürste zu bekommen, denn es war Wochenende und Thommys Tochter Mareike hatte sicher schon den Grill im Garten angeworfen und ganz sicher saßen auch schon Susi und Klara mit im Garten, um beim Einräumen nach dem Grillen zu helfen.

Es bot sich sozusagen eine Oase mit Aussicht. Alle sprangen aus dem Transporter und griffen schon mal nach den ersten Kleinigkeiten, um zum Gartenhaus zu laufen. Marie hielt auf dem Gehweg kurz inne und atmete tief durch. Sie stutzte, denn wer da näherkam, ließ sie kurz erschrecken. Valeria, ihre Tochter, schritt energisch auf sie zu. Beim Überschlagen der Ereignisse in den letzten 24 Stunden, hatte Marie ganz vergessen ihr Bescheid zu geben.

Seit Valeria studierte und ein eigenes kleines Studentenzimmer in einer WG hatte musste sie von Zeit zu Zeit eigentlich von Marie auf dem Laufenden gehalten werden, wenn sie gerade nicht in Berlin zu Besuch war.

„Wann wolltest du mir eigentlich deine neue Adresse mitteilen? Ich klingele bei Sina, die ist völlig aufgelöst und steht in einer leeren Bude. Du hättest mich wirklich vorwarnen und mir die Fahrerei quer durch halb Berlin ersparen können.", gab Valeria genervt von sich.

Marie erklärte entschuldigend den aktuellen Stand der Situation und drückte Valeria einen Kaktus in die Hand. „Aber du kommst genau richtig zum Einräumen und Grillen, Astra Rakete steht garantiert auch gut gekühlt bereit.", lachte Marie.

Schon im Hausflur des Vorderhauses schlug ihnen der Geruch von Grillwürstchen entgegen. Mareike war nicht untätig. Sie stand am Grill und verteilte Rostbratwürste im Brötchen an die Eintreffenden. Susi und Klara standen ebenfalls bereit um zu helfen. Mit einem Bierchen in den Händen gingen Thommy und Marie ins Gartenhaus und besprachen die Aufteilung der

Zimmer. Thommy wartete gespannt auf die unvermeidbaren Vorschläge Maries.

Er wusste doch aus Erfahrung, dass Frauen in Einrichtungsfragen immer gerne das Kommando übernehmen. Eigentlich war ihm das Ergebnis auch ziemlich egal, aber er wollte es Marie auch nicht zu leicht machen, schon aus Prinzip. Er liebte es, sie mit Provokationen auf die Palme zu bringen, um dann im Anschluss mit einem Grinsen ihren Wünschen zu folgen. Im kleinen Gartenhaus gab es vier Zimmer, für jeden Bewohner eins, plus jeweils ein Wohnzimmer und ein Gästezimmer, wenn die Töchter mal über Nacht, oder das Wochenende blieben.

„Also ich würde vorschlagen, dass kleinste Zimmer bekommen die Mädels als Gästezimmer und das Größte, das neben der Küche, wird das Wohnzimmer.", begann Marie.

„Ich dachte, du nimmst das kleinste Zimmer, das neben dem Eingang, damit du nach deinen Kneipentouren beim Nachhausekommen auf allen Vieren nur den kürzesten Weg überwinden musst.", grinste Thommy böse.

Marie antwortete mit einem leichten Stoß ihres Ellenbogens in Thommys Rippen. „Das trifft ja wohl eher auf dich zu! Musst du mich ausgerechnet jetzt provozieren? Sei mal ehrlich, dir ist doch die Aufteilung völlig schnuppe.", protestierte Marie.

„Höre auf mich zu misshandeln, sonst wohnst du im Keller im Vorderhaus. Das wäre doch dann übrigens ein noch kürzerer Weg, wenn du angesoffen heimkommst.", gab Thommy mit ängstlichem Blick von sich und trat einen Schritt von Marie weg.

„Noch ein blöder überflüssiger Kommentar von dir, und ich lade alle Nachbarn zum Vernichten deiner Biervorräte ein.", drohte Marie mit ruhiger Stimme.

Alex horchte jetzt auf, die Augen aufgerissen vor Schreck. Die Biervorräte betrafen ihn nämlich mit. Aus Spaß wurde gerade bitterböser Ernst.

„Entscheide ruhig du! Es ist mir wirklich egal! Du kennst mich einfach zu gut.", grinste Thommy.

Arm in Arm liefen die beiden durch die Räume und besprachen die Aufstellung der Möbel. Als sie wieder nach draußen traten zu den anderen, war die Stimmung schon recht feucht-fröhlich. Marie gab allen Anwesenden deutlich zu verstehen, dass nun erst einmal die Arbeit getan werden müsse, bevor weitere Würste und Getränke ausgegeben werden. Ohne weitere Widerworte und ziemlich zügig war der Lkw entladen und die leeren Zimmer in der neuen kleinen WG mit neuem Inventar gefüllt.

Mareike und Valeria bewiesen ein sehr gutes Händchen bei der Aufstellung der Möbel und Deko-Objekte. Thommy war sofort wieder in seinem Element und lästerte über den ein oder anderen Staubfänger, aber einfach nur, weil er eben nicht anders konnte. Insgeheim fand er die Räume gemütlich und äußerst geschmackvoll eingerichtet, aber das würde er nie zugeben. Da Marie ihn richtig einschätzen konnte, ließ sie ihn einfach quatschen und konzentrierte sich lieber auf die konstruktiven Vorschläge der beiden Töchter.

Nach Vollendung ließen sich alle wieder in die Stühle vor dem Gartenhaus fallen, der Grill wurde erneut befeuert und mehr Kaltgetränke gereicht. Alle waren glücklich und zufrieden.

„Wann bringen wir eigentlich den gemieteten Transporter zurück?", fragte Alex in die Runde.

„Ich wusste doch, dass wir noch irgendetwas vergessen haben. Nun, in Anbetracht unserer bereits konsumierten Bierchen, müssen wir das wohl morgen erledigen. Ich rufe schnell in der Mietfirma an und kläre das.", erklärte Valeria. Marie seufzte erleichtert und blickte in die Runde. Mit so einer coolen Tochter und so tollen Freunden kann doch alles nur noch besser werden, dachte sie optimistisch und angelte sich blitzschnell noch ein Würstchen vom Grill.

Der Anfang war gemacht, Marie war nun bei Thommy eingezogen und hat der neuen kleinen Wohngemeinschaft ihren Stempel aufgedrückt. Thommy war davon auch nicht besonders überrascht, denn genauso war es auf Arbeit in ihrem gemeinsamen Büro auch. Marie hatte dort die gesamte Dekoration bis hin zur letzten Topfpflanze übernommen und selbst der, mit einer Schieferfliese gekennzeichnete Standort der Kaffeemaschine war von ihr penibel auf dem kleinen Bürotisch an der Wand undiskutierbar festgelegt worden, wobei die Schieferfliese als Untersetzer diente und auf keinen Fall versetzt werden durfte. Einzige denkbare Ausnahme davon wäre ein spontanes Erdbeben gewesen, nach dessen Ende aber auch als erstes sofort die

Schieferfliese auf ihren gewohnten Platz zu schaffen gewesen wäre, um den gewohnten Kaffemaschinenstandort neu zu kennzeichnen. Ordnung wurde in Maries Leben eben sehr großgeschrieben und das setzte sie gnadenlos durch. Thommy war es gewohnt und sträubte sich schon lange nicht mehr dagegen, genauso wie alle anderen Kollegen.

Thommy indessen hatte sich schnell an die neue Gesellschaft zuhause gewöhnt und genoss es wieder über eine Einrichtung mitsamt täglicher Gesellschaft zu verfügen. Er hatte sich auch angewöhnt etwaige Anrufe oder Nachrichten seiner nervigen Ex, der guten Karo, gar nicht mehr anzunehmen oder zu beantworten. Bequem wie er nun mal war, sollte sie doch mit seiner Einrichtung glücklich werden er hatte schließlich alles was er brauchte und was ihm noch fehlen könnte, würde er einfach nach und nach neu kaufen. Karo allerdings fand das unbefriedigend, da räumte sie Thommy die Bude aus und der meldete sich nicht mal wegen seiner Sachen. Der ließ auch einfach ihren Auszug völlig unkommentiert. Der reagierte einfach gar nicht auf seinen doppelten Verlust.

So ging das aber nicht, das konnte sie so nicht durchgehen lassen, das war eine Nichtachtung ihrer Person und ihrer Aktion und völlig inakzeptabel. Aber was tun? Thommy nahm ihre Anrufe auf dem Mobiltelefon nicht an und auf geschriebene Nachrichten und zahlreiche Sprachnachrichten reagierte der auch nicht. Ein letzter Versuch musste gestartet werden. Karo dachte angestrengt nach und dann kam ihr eine Idee. Sie konnte noch eins draufsetzen, ihr fiel etwas ein und deshalb rief sie dieses Mal auf dem Festnetztelefon von Thommy an. Tatsächlich wurde abgenommen, überlistet dachte Karo noch. Spät abends von ihrem Firmenanschluss aus dem benachbarten Büro anzurufen, den Thommy sicher nicht auswendig kannte oder eingespeichert hatte, ließen ihn bestimmt ahnungslos abheben und dann musste er mit ihr sprechen. Völlig überrascht hörte Karo aber eine weibliche Stimme, die sich mit Marie meldete. „Äh hallo, hier ist Karo, ich würde gerne mit Thommy sprechen, bin ich da richtig, oder habe ich mich verwählt.", sprach sie etwas verunsichert ins Telefon. „Nein, du bist richtig hier. Thommy ist nur gerade nicht zuhause, kann ich ihm etwas ausrichten?", fragte Marie mit extra zuckersüß süffisanter Stimmlage zurück. Marie konnte ein kleines Biest sein, wenn es nötig wurde und in diesem Fall hielt sie es für dringend nötig. Deshalb hielt sie es auch für durchaus angebracht, Karo nicht über die neue Wohnsituation und deren Zustandekommen aufzuklären, sondern überließ dies einfach Karos Fantasie, wohlwissend, dass diese jetzt natürlich völlig falsche Schlüsse ziehen würde, aber das hatte sie ja verdient dachte sich Marie innerlich kichernd. Karo war tatsächlich etwas irritiert. Marie? War das etwa die Marie aus Thommys Büro? Das ging ja schnell, dass da bei Thommy eine neue Frau eingezogen ist. Und stand diese Marie nicht seit einigen Jahren eher auf Frauen als auf Kerle? Und wie lange ging das eigentlich schon zwischen Thommy und Marie? War das gar der Grund weshalb sich Thommy bei ihr nach dem Auszug gar nicht gemeldet hatte? Hatte sie ihm damit etwa sogar noch einen Gefallen getan? Karo rang um ihre Fassung, gewann diese auch wieder zurück und hatte schließlich eine Idee, wie sie dies persönlich im Gartenhaus in Augenschein nehmen könnte und dabei vielleicht einen kleinen Keil in diese neue unangebrachte Beziehung bringen könnte. Schließlich wusste sie ja, wie sie sich interessant kleiden und verhalten könnte um bei einem Spontanbesuch Thommys Aufmerksamkeit ganz auf sich zu lenken. Wäre doch gelacht, wenn der dann im Anschluss von seiner Marie nicht ganz gewaltigen Ärger kriegen würde und sich dann bei ihr ausheulen wollen würde. Also teilte sie Marie mit, dass sie beim Auszug noch eine Kiste mit Weihnachtslichterketten im Dachgeschoss vergessen hätte, die sie gerne noch abholen würde. Marie dachte zwar, dass sie ein unverschämteres Verhalten nach dem Abzocken einer ganzen, Jemand nicht gehörenden Wohnungseinrichtung, je gehört habe aber antwortete ganz besonders höflich: „Selbstverständlich, ich werde Thommy gerne ausrichten, dass du noch die Kiste mit den Weihnachtslichterketten brauchst. Wir melden uns dann bei dir." Wir, dachte Karo, wir, jetzt sind die also schon wir, das ging ja schnell und beendete mit einem kurzen, gezischtem Danke das Telefongespräch.

Kurz darauf kam Thommy von seinem üblichen

Feierabendbier aus der kleinen Kneipe im Vorderhaus zurück. Marie erwartete ihn bereits grinsend: „Du wirst nie erraten wer gerade angerufen hat. Deine Ex Karo lässt dir ausrichten, dass sie unbedingt auch noch eine Kiste mit euren Weihnachtslichterketten haben möchte, die sie im Dachgeschoss wohl vergessen hätte. Ach übrigens, ich glaube die denkt jetzt, dass wir ein Paar sind und ich habe die billigen Lichterketten auch schon gefunden und eingepackt, zusammen mit den anderen billigen Weihnachtsdekorationen. Die guten silbernen Weihnachtsbaumkugeln habe ich natürlich aussortiert. Morgen nach der Arbeit kannst du den großen Sack mit den Weihnachtsketten zusammen mit Alex zu Karos Mutter rumbringen, mit der hast du doch ein ganz gutes Verhältnis gehabt, oder?"

„Gute Idee!", antwortete Thommy, „Du bist aber auch ein ganz schönes Biest manchmal, aber dafür mag ich dich ja auch so gerne."

Marie grinste und dachte dabei daran, dass selbst Thommy die ganze Tragweite ihres Planes noch gar nicht erfasst hatte, was aber sicher zu dessen gelingen beitragen würde, denn das nun

Folgende brauchte der gar nicht zu verstehen, das sollte eine Botschaft unter Frauen werden, die eben auch nur Frauen richtig verstehen. Manchmal musste eben einem Kerl wie Thommy einfach mal etwas weibliche Schützenhilfe zuteilwerden, damit der nicht unverdient unter die Räder einer zu sehr abgebrühten, frechen Geschlechtsgenossin kommen würde.

Am Nachmittag des folgenden Arbeitstages ließ sich Thommy von seinem immer hilfsbereiten Freund Alex in den angrenzenden Bezirk nach Berlin-Neukölln fahren. Dort klingelte er bei Karos Mutter, die ihm auch die Tür öffnete und zusammen mit Alex auf einen Kaffee in die Wohnung bat. Thommy drückte ihr, bevor sie sich alle an den Kaffeetisch setzten, den großen Sack mit den Weihnachtslichterketten in die Hand, mit der bitte diesen doch ihrer Tochter Karo, bei nächster Gelegenheit zu übergeben. Dies hätte sie bei ihrem Auszug vergessen und gebeten es noch zu bekommen. Karos Mutter nahm den Sack, stellte ihn beiseite und begann das Gespräch am Kaffeetisch damit, zu bedauern, dass Karo überhaupt ausgezogen sei.

Sie hätte sich das anders gewünscht, aber da könne man eben nichts machen. Es wäre halt so wie es ist. Nachdem sie ihren Kaffee ausgetrunken hatten, verabschiedeten sich Thommy und Alex bei Karos Mutter und gingen schnell zurück zum Auto von Alex. Im Auto sitzend klatschten sie ab, zufrieden darüber diesen vermeintlich letzten Akt von Karos Auszug sauber und ohne Stress zu Ende gebracht zu haben, vor allem ohne dabei noch Karo über den Weg gelaufen zu sein. Denn das hätte unangenehm werden können und war der eigentliche Grund für die Anwesenheit von Alex, sozusagen als mentaler Bodyguard. Zufrieden fuhren sie wieder zurück und genehmigten sich zur Belohnung noch ein paar kühle Biere in der kleinen Kneipe im Vorderhaus bei ihrer Stammwirtin Sally, die gar nicht mehr fragte was die beiden gerade ausgeheckt hatten, wenn sie mit einem derart zufriedenen Gesichtsausdruck erschienen, sondern einfach ohne zu fragen zwei frisch gezapfte Biere hinstellte mit einem freundlichen: „Prost ihr zwei Halunken, zum Wohle."

Am nächsten Tag schaute Susi gerade aus ihrem

Badezimmerfenster in den Hof, weil sie dort eine laute Stimme hörte: „Thommy, wenn du da bist, kannst du ruhig mal die Tür aufmachen, ich habe dir etwas zu sagen, wenn du nicht aufmachst, brauchst du nicht denken, dass du dem entgehst, dem Gespräch entkommst du nicht auf Dauer."

Schnell rief Susi Alex ans Fenster, um ihm das Hofkino vor dem Gartenhäuschen nicht vorzuenthalten. Dort stand nämlich Karo und versuchte offenbar Thommy zu erreichen. Alex grinste Susi an und sagte leise zu ihr: „Sollen wir ihr sagen, dass Thommy und Marie gerade vorne in der Kneipe ihr Feierabendbier trinken? Eigentlich müsste sie ja selbst darauf kommen, wo sie ihn um diese Zeit finden könnte. Was hat die eigentlich die drei Jahre so gemacht als sie hier wohnte? Die hat ja scheinbar gar nichts mitbekommen." Susi und Alex schauten sich an und überlegten wer von beiden sie jetzt mit irgendeinem Spruch verarschen sollte. Die Wahl fiel auf Alex, weil der erstens immer die besten Ideen bei so etwas hatte und zweitens auch einfach über die lautere Stimme verfügte, um unten im Hof vor dem Gartenhäuschen auch ganz deutlich gehört zu werden.

Alex rief also runter: „Hallo Karo, die sind nicht da, ich glaube die wollten noch losgehen nach Ringen gucken, nächste Woche ist doch die große Feier. Da hast du doch sicher schon von gehört, oder?" Karo verstummte augenblicklich, ihre Mine verfinsterte sich, sie schluckte und rief zurück: „Nein, aber danke für die Information. Offensichtlich weiß hier scheinbar jeder mehr als ich. Ich glaube ich habe eine ganze Menge nicht mitgekriegt." Dann ging sie durchs Vorderhaus hinaus und lief an der Kneipe vorbei in der Thommy und Marie ganz unschuldig ihr Bier tranken. Marie stupste Thommy kurz an und deutete auf die vorbeieilende Karo. Sie waren sich einig, dass sie ziemlich sauer aussah und hofften, dass nun endlich Ruhe herrschen würde.

Es kam doch etwas anders. Am nächsten Tag kam Marie gerade von der Mittagspause ins Büro zurück, als sie am Fahrstuhl Karo stehen sah. Zuerst dachte sie, dass es typisch sei, dass Karo mit ihren hohen Absatzschuhen nicht die Treppe ins erste Obergeschoss nahm, sondern lieber ellenlang auf den Fahrstuhl für ein einziges Stockwerk warten würde. Dann fiel ihr ein, dass Karo sich hier heute sicher nicht arbeitslos melden wollen würde, sondern eher Thommy und vielleicht auch sie selbst aufsuchen wollte, um eine Riesenszene zu machen. Schnell lief sie die eine Treppe zum ersten Stockwerk hoch und ließ dabei ihre Lieblingssneakers, die sie ständig und gerne trug, hochleben. Sie lief zu ihrem gemeinsamen Büro, riss die Bürotür auf und rief Thommy, der gerade mit einem Kunden dort saß zu, dass gerade Karo hier wäre und ihn offenbar suchen würde. Thommy teilte dem verdutzten Kunden mit, er komme gleich wieder und rannte mit Marie schnell zum Ende des Ganges, um sich in der dortigen Kaffeeküche zu verstecken. An der offenen Bürotür des Nachbarzimmers rief er hastig seinem Chef zu, egal wer gleich vorbeikomme, weder er noch Marie seien heute da. Ihr, von diversen sonderbaren Erlebnissen mit den beiden einiges gewohnter Chef, nickte leicht mit dem Kopf und stellte sich auf den Gang. Kurz darauf trippelte Karo ihm auf dem Gang entgegen. Von einigen Betriebsweihnachtsfeiern war er ihr bekannt und so rief sie ihm gleich zu: „Ich will zu

Thommy. Ist der da? Wo ist der? Sein Büro ist leer."

Ihr Chef Chris, der die Situation sofort erfasst hatte spielte mit und stellte sich ihr in den Weg mit den Worten: „Thommy ist nicht hier, der hat heute frei und wird von mir vertreten."

Das reichte der wütenden Karo nicht aus. Sie fragte weiter: „Und Marie? Wo ist Marie? Mit der würde ich auch noch gerne sprechen."

Chris grinste, wusste er doch über die neue Wohngemeinschaft seiner beiden Mitarbeiter und dessen Zustandekommen. Nach so vielen Jahren der Zusammenarbeit hatten sie alle kaum Geheimnisse voreinander und kannten sich sehr gut und das ungebührliche Verhalten von Karo, zuerst seinem Kollegen gegenüber bei ihrem Auszug und jetzt hier, in seiner Behörde, vor Publikum wollte er ihr so nicht ungestraft durchgehen lassen.

Chris hatte eine spontane Idee. Er grinste erneut und spielte seine Rolle mit einer diabolischen Bravour: „Marie hat auch frei, ich glaube die beiden hatten irgendwas zusammen vor, Aufgebot bestellen, Brautschuhe kaufen, was weiß ich, eben irgendetwas das frisch verliebte

Paare so zusammen machen."

Karo verlor jetzt völlig die Fassung, sie wurde schrill: „Das ist ungeheuerlich, ich erfahre hier scheibchenweise was die so treiben, ganz kurz nachdem ich ausgezogen bin, und dann bringt der mir auch noch meine letzten Sachen in einer Mülltüte nach Hause zu meiner Mutter. In einer Mülltüte, so eine Frechheit, der soll sich bei mir melden, wenn er wieder da ist, der soll sich ja melden, eine Mülltüte, so eine Peinlichkeit!"

Dann drehte sie endlich auf dem Absatz um und stöckelte davon. Thommy und Marie steckten vorsichtig die Köpfe aus der Kaffeeküche. Die Luft war rein. Unter dem Beifall der Kollegen, die dieses Gratiskino sichtlich genossen hatten und dem wohlwollenden, anerkennenden Nicken des noch immer im Büro sitzenden Kunden schlenderten sie, sich artig vor dem Publikum verbeugend, in ihr Büro. Der Kunde bedankte sich für das Schauspiel und lobte diese Behörde bei der dem Bürger offensichtlich derart Unterhaltsames völlig kostenlos, professionell zur Wartezeitverkürzung, geboten würde. Kurz darauf rief sie Chris in sein Büro und sagte ihnen grinsend: „Passt auf ihr beiden, mir ist eigentlich egal, was ihr so in eurer Freizeit treibt, aber sorgt bitte dafür, dass demnächst keine rasenden Furien mehr wegen euch in meiner Abteilung erscheinen. Was macht ihr eigentlich, wenn Karo irgendwann mal merkt, dass sie von euch verarscht wurde, weil ihr gar kein Paar seid und alle anderen dabei auch noch mitgespielt haben? Ihr wisst doch, dass sie das vielleicht irgendwann mal mitkriegt, oder?"

Thommy und Marie nickten. Ja, das wussten sie, aber entweder würde sie es nie erfahren und sich jetzt irgendwo einigeln und schwarzärgern, oder sie erführe es doch einmal und wäre so beschämt, dass sie sich nie wieder melden oder zeigen würde. Aber in beiden Fällen würde jetzt wohl jedenfalls endlich Ruhe herrschen.

„War doch eine tolle Idee von mir mit der Mülltüte für ihre Lichterketten, oder?" fragte Marie leise und grinsend in die Runde. „Ihr habt das alle nicht bemerkt, du nicht Thommy, Alex nicht, niemand, nur ich und Karo verstanden es. Das ist rein weibliche Symbolsprache, aber das Verstehen eben nur Frauen sofort und regen sich dann richtig auf. Ziel erreicht, die nervt uns garantiert nicht mehr so schnell."

Chris und Thommy sahen sich an und waren sich mit einem kurzen Blick und einem angedeuteten Nicken einig, dass sie sich mit Marie lieber nicht anlegen, sondern sie lieber weiterhin auf ihrer Seite haben würden.

Kapitel 2

Viel Wirbel um Beziehungen

Date zu dritt!
Marie lebte sich schnell ein. Die WG schien die optimale Lösung. Beide unterließen es den anderen umerziehen zu wollen. Thommy und Marie genossen die Gespräche am Abend vor dem Gartenhaus oder den ersten Kaffee am Morgen in der geräumigen Küche. Auch, dass beide nicht immer das Bedürfnis verspürten, reden zu müssen, sondern einfach mal ihren eigenen Gedanken nachhängen konnten, ohne von einer weiblichen Stimme mit der Frage genervt zu werden: „Was denkst du gerade?"

Nach einer gewissen Zeit der Ruhe registrierte sich Marie in einem Dating-Portal und blätterte dort gelegentlich durch die paarungswillige Damenwelt.
Leicht zu begeistern war sie nicht. Aber eines morgens beim Kaffee in der Küche stieß sie auf eine Frau, die ihr dem ersten Anschein nach sehr entsprach. Während Marie noch am Überlegen

war, welche Worte sie beim ersten Anschreiben wählen sollte, erhielt sie bereits eine Nachricht der Auserwählten. Maries Herz vollzog innerlich einen kleinen Freudenhüpfer.

Thommy schlurfte unterdessen verschlafen im löchrigen Schlafanzug, sich ausgerechnet am Hinterteil kratzend, in die Küche direkt zum Kaffeevollautomaten.

Was hatte der sich anfangs gesträubt, die herkömmliche Kaffeemaschine zu verbannen. Aber Marie blieb hartnäckig und Thommy genoss inzwischen die simple Bedienung und den aromatischen Genuss. Mit seiner gefüllten Tasse begab er sich ebenfalls an den Tisch. „War der Hund schon puschen?", fragte er.

„Jupp!" war die kurze Antwort.

„Hast du Rieke gefüttert?", hakte er nach.

„Jupp!", kam es verdächtig eintönig zurück.

Marie schien mit ihrem Laptop sehr beschäftigt zu sein. So kannte er sie gar nicht, so sonderbar kurz angebunden.

„Warst du heute schon alte Damen belästigen?", fragte er grinsend.

„Jupp!", gab Marie kurz zurück.

„Huhu, Thommy an Marie, hörst du mir

überhaupt zu? Mensch, dass ich diese Frage einmal stellen würde, hätte ich nicht für möglich gehalten.", gab Thommy nun leicht genervt von sich.

Marie sah erschrocken auf und schien ihn erst jetzt wirklich wahrzunehmen.

„Sorry, mein Lieber. Ich chatte gerade mit einer attraktiven Frau auf einem Dating-Portal.", erwiderte Marie mit geröteten Wangen.

Thommy drehte den Laptop und begutachtete das Profil.

„Die sieht attraktiv aus! Wann trefft ihr euch?", fragte er.

Marie zuckte mit den Schultern. Thommy begann zu schreiben, wartete kurz, grinste breit und drehte den Laptop wieder Marie zu.

„Du hast heute Nachmittag ein Date, danken kannst du mir später.", frohlockte er.

Marie schaute sprachlos auf den Bildschirm. Ihr Match, Lavina, willigte ein, sich mit ihr beim Italiener ein paar Straßen weiter zu treffen.

Marie und Thommy stießen gemeinsam mit ihren Kaffeetassen an. Dann begaben sie sich ins Wohnzimmer und ließen sich auf das große, gemütliche Sofa fallen, um eine Serie bei Netflix

weiterzuschauen. Nur keine Hektik an den Tag
legen wegen einer Verabredung, dachte sich
Marie. Im Geiste ging sie allerdings bereits ihren
Kleiderschrank durch.

Als die Zeit zum Aufbrechen gekommen war,
musste sich Marie noch einen prüfenden Blick
von Thommy gefallen lassen. Der sparte nicht
mit guten Ratschlägen und schob sie dann
anschließend vor die Tür, wie ein Kind auf den
Weg zur Schule.

Zehn Minuten später saß Marie beim Italiener
an einem kleinen Tisch und beobachtete den
Eingang. Sie war extra etwas zeitiger als nötig
aufgebrochen, um die Erste zu sein.

Pünktlich auf die Minute trat sie ein, Lavina, eine
wirklich attraktive, sympathische Erscheinung.
Marie war entzückt von ihrem schönen Lächeln,
und alle Zweifel waren fort. Es wurde ein sehr
angenehmer und unterhaltsamer Nachmittag
für Lavina und Marie. Beim folgenden
gemeinsamen Abendspaziergang war beiden
klar, dass sie sich wiedersehen wollen.

Marie erschien euphorisch nach ihrem Date in
der kleinen WG und erstattete aufgeregt
Bericht. Thommy freute sich für sie, war aber

auch etwas misstrauisch. Schließlich trug er nicht die rosarote Brille, welche Marie gerade hormonell für sich beanspruchte.

Marie zögerte, berichtete dann aber doch von der etwas ungewöhnlichen Wohnsituation Lavinas. Diese wohnte nämlich mit ihrer Mutter zusammen in einer Wohnung, weil ihre Mutter zu ihr gezogen war, um nicht so einsam zu sein. Das hatte Marie bisher immer nur von Männern gehört, die sich nicht von ihrer Mutter lösen konnten oder von dieser einfach nicht beizeiten losgelassen wurden.

Egal, Lavina hat ihre Mutter, und sie hat eben ihren Thommy, dachte Marie.

Das diese beiden Lebensmodelle doch nicht miteinander verglichen werden konnten, sollten alle Beteiligten später zu spüren bekommen.

Im Allgemeinen war es Marie egal, wer bei wem übernachtete, wenn es sich mit dem jeweiligen Arbeitsalltag oder Terminen vereinbaren ließ. Aber nach einigen Treffen wunderte sie sich schon, dass sie immer irgendwie bei Lavina nächtigten. Ihre Mutter war sehr nett, allerdings schon ungewöhnlich anhänglich. Marie unterbreitete Lavina den Vorschlag, dass sie beim nächsten Mal bei ihr übernachten könnte. Lavina war einverstanden, erklärte dann aber, dass sie erst ihre Mutter fragen werde. Marie stutzte. War das ihr Ernst? Musste sie wirklich erst ihre Mutter um Erlaubnis fragen, ob sie bei ihrer Freundin zum Date übernachten könne.

Da sie immer schon sehr verständnisvoll war, wollte Marie diesem ungewöhnlichen Wunsch nicht zu viel Gewicht beimessen und akzeptierte ihn.

Als der Abend kam, erschien Lavina pünktlich wie immer allerdings mit Mutti im Schlepptau, inklusive Kuscheldecke und Monopolyspiel.

Bei dem Anblick bekam Marie doch langsam einige Zweifel, ob das eine gute Idee war. Aber nun standen die beiden im Flur. Da musste sie jetzt wohl durch. Drei Brettspiel-Stunden und vier Flaschen Wein später, lag Mutti endlich im Gästezimmer laut schnarchend und angetrunken im Bett. Lavina und Marie hatten sich ihre Zeit für Zweisamkeit hart erarbeiten müssen. Jetzt folgte die verdiente Belohnung…

Aber es kam was kommen musste. Thommy, der Maries Date bestmöglich unterstützen wollte und der Meinung war, dies dadurch am besten zu bewerkstelligen, wenn er gar nicht anwesend wäre, hatte sich in die kleine Stammkneipe im Vorderhaus zu Sally begeben. Dort traf er Alex und hörte nach dem fünften Bier auch auf mitzuzählen. Er war sich nämlich sicher, das Wissen über die tatsächliche Anzahl der getrunkenen Biere würde Sally spätestens bei der Rechnung zum Ende des geselligen Beisammenseins offenbaren. Das tat Sally dann auch zu fortgeschrittener Stunde, denn irgendwann wollte natürlich auch Kreuzbergs zäheste Wirtin mal Feierabend machen. Während Alex bereits heiter im Flur des Vorderhauses nach oben in Richtung seiner Wohnung und der sicher schon friedlich schlummernden Susi abbog, kämpfte sich Thommy weiter leicht torkelnd und gut gelaunt in den Hinterhof zum kleinen Gartenhäuschen vor. Er war besorgt die frisch Verliebten zu stören und schloss so leise es ihm in dem Zustand überhaupt möglich war die Haustür auf. Wie eine Elfe versuchte er geradezu geräuschlos durch den Flur in Richtung seines Zimmers zu schweben, in dem er, nur um wirklich ja nicht zu stören, bereits ein paar sehr teure Flaschen Bier bereitgestellt hatte um später nicht in der Küche am Kühlschrank rumpoltern zu müssen. Leise öffnete er seine Zimmertür. Irgendetwas kam ihm komisch vor, aber er war sich nicht bewusst was es sein könnte. Plötzlich bemerkte er was er vorher offenbar nur im Unterbewusstsein wahrgenommen hatte. Die auf dem Nachttisch bereitgestellten Bierflaschen waren nicht mehr an ihrem zuvor sorgfältig ausgewählten Platz, sondern lagen offenbar ausgeleert auf dem Boden vor seinem Bett.

"So ein paar Biester," dachte Thommy," die haben doch glatt in meinem Zimmer nach Bier gesucht und das auch gleich hier ausgesoffen und die leeren Flaschen liegen lassen. Freundschaft hin oder her, dass kann man nicht durchgehen lassen, das wird gleich morgen früh geklärt. Dieses kleine, freche Miststück und ihr Neufang."
Frustriert schmiss sich Thommy in sein Bett, aber auch dort war etwas anders als erwartet. Zunächst einmal stieß er auf unerwarteten körperlichen Widerstand. Aber nicht nur das,

der Geräuschpegel nahm auch schlagartig zu, als plötzlich eine laute, ihm unbekannte weibliche Stimme anfing hysterisch um Hilfe zu schreien. Der Schreck fuhr Thommy in die Glieder als er der um Hilfe schreiende Stimme starr vor Schreck lauschte: "Hilfe, Polizei, Hilfe, ein Perversling will mich missbrauchen! Na warte du Schwein dir werde ich helfen, jetzt kriegst du was du verdienst."

Das war das Letzte was Thommy hörte, bevor er einen Schlag gegen die Schläfe spürte und zu Boden stürzte. Das nächste was er wahrnahm war Marie, die neben ihm kniete und einen nassen Lappen auf seine pochende Schläfe drückte und irgendwas stammelte was sich anhörte wie: "Das tut mir so leid. Das ist so peinlich! Lavina hat allen Ernstes ihre äußerst anhängliche Mama einfach zum Rendezvous mitgebracht, die nicht alleine bleiben wollte und als die endlich müde geworden war, ist sie von uns ins Gästezimmer verfrachtet worden."

Thommy stammelte angeschlagen: "Na da ist Mutti offensichtlich ausgebrochen und hat sich in mein größeres Zimmer geschlichen und erst mal mein Bier ausgesoffen und sich in meinem Bettchen langgemacht. Ist ja wie bei den Zwergen von Schneewittchen, nicht wesentlich größer, allerdings fetter, lauter, gewalttätiger und nervender."

Gleichzeitig nahm der Geräuschpegel in Thommys Zimmer noch zu. Mutti war nicht zu beruhigen und schrie jetzt ihre Tochter Lavina in einer fremden Sprache hysterisch an. Lavina machte ihrem Namen alle Ehre und schrie, wild mit den Armen fuchtelnd, zurück. Thommy musste aus diesem Irrenhaus raus und wollte gerade die Tür zum Garten aufmachen, als er in den Lauf einer gezogenen Schusswaffe guckte. Eine Stimme schrie laut: "Polizei! Keine Bewegung oder ich schieße, hinlegen auf den Bauch, Hände auf den Rücken."

Das Klicken der Handschellen hatte Thommy seit seiner Jugend nicht mehr gehört, als ihm bei Experimenten mit seinem Chemiekasten, zusammen mit Alex, bei dem Versuch selbst Schwarzpulver herzustellen das Ganze etwas außer Kontrolle geriet, es zu einer Rauchentwicklung kam, in deren Folge im

Fahrstuhlschacht über den, vom freundlichen Hausmeister für ihre Experimente zur Verfügung gestellten Kellerraum in der Pücklerstraße, der Rauchmelder ausgelöst worden war. Dem folgenden Feuerwehreinsatz und den weiteren polizeilichen Ermittlungen waren die beiden damals schnell entkommen, da es als blöder, fahrlässiger, unbeabsichtigter, jugendlicher Unsinn erkannt worden war. Dem Zorn seiner Eltern war er nicht ganz so leicht entkommen. Aber seine Gedanken dahingehend wurden von der Stimme des uniformierten Kreuzberger Polizisten jäh unterbrochen: "So mein erlebnisorientierter Freund, dein Ausflug ins Schlafzimmer älterer Damen ist hiermit beendet, jetzt gehen wir mal rein, die Umstände klären."

Inzwischen war auch dessen Streifenpartner erschienen und zusammen hoben sie den nunmehr gefesselten Thommy auf und gingen dem Lärm im Haus nach, bis sie alle zusammen wieder das Zimmer von Thommy erreicht hatten. Beim Betreten stürzte die immer noch hysterisch schreiende Mutti sofort wieder auf Thommy zu, der es nur dem beherzten, schnellen Einschreiten des Polizisten zu verdanken hatte, nicht sofort den nächsten Schlag zu empfangen, als dieser sich schützend vor Thommy stellte und nun die schreiende Mutter festhielt. Marie erkannte die Situation sofort und rief dem zweiten Polizisten, der Thommy noch festhielt zu, dass alles nur ein Missverständnis sei. Er habe den eigentlichen Bewohner des Zimmers gefangen, der nicht gewusst habe, dass in seiner Abwesenheit die Mutter ihrer neuen Freundin sich aus dem Gästezimmer geschlichen und in dessen Zimmer unerlaubt einquartiert hatte. Wie auf Kommando mussten die beiden Polizisten anfangen zu lachen. Thommy konnte sich ein Kichern auch nicht mehr verkneifen, obwohl seine Schläfe immer noch wie wild pochte. Jetzt erst hörte Mutti wohl aufmerksam ihrer Tochter Lavina zu als sie die Polizisten lachen sah. Diese erklärte ihr geduldig in ihrer Muttersprache offenbar noch einmal die ganze Situation woraufhin nun die Mutti blass wurde.

Entschuldigung! Ich wusste nicht, dass hier überhaupt noch jemand anderes, vor allem ein

Mann wohnt. Ich dachte ich werde überfallen, das tut mir so leid.", rief sie beschwichtigend.

Jetzt mussten alle lachen. Nur Thommy verzog dabei weiter etwas das Gesicht, aber so langsam ließ der Schmerz nach. Freundlich fragte er den Polizisten, ob seiner Einschätzung nach die Einsatzlage es zulassen würde ihm jetzt wohl die Handfesseln abzunehmen. Wieder lachte der Polizist, wahrscheinlich hatte der als echt abgehangener Kreuzberger Polizeibeamter schon massenweise solch sonderbare Einsätze erlebt. Jedenfalls löste er die Handfesseln und fragte schmunzelnd, ob er denn jetzt alle Beteiligten alleine lassen könne, ohne, dass wieder der einzige Mann im Haus brutal niedergeschlagen werden würde. Wieder lachten alle, außer Thommy, der kurz überlegte, ob er heute überhaupt mit den ganzen komischen Frauen in einem Haus bleiben wollen würde oder lieber rüber zu Alex fliehen sollte bis hier morgen früh alles wieder beim Alten wäre, aber dann rief er lachend: "Na klar Herr Obermeister, aber nur, wenn ich jetzt auch wieder mein Zimmer alleine für mich haben darf und Marie mir noch ein paar Flaschen Bier auf den Schreck bringt."

Kaum ausgesprochen kam Marie mit zwei Flaschen Bier ins Zimmer geeilt und versprach ihm, morgen früh bekomme er zum Trost auch ein leckeres Frühstück, und wenn er dann noch Probleme beim Kauen hätte, würde sie es ihm auch pürieren. Und wenn er irgendwie Gefallen an der Mutti gefunden hätte, könne sie ihm sicher auch ein Rendezvous verschaffen. Weiter kam sie nicht, weil Thommy sein Kissen nach ihr warf und laut rief: "Los raus jetzt hier ihr nervige Weiberbande! Ich brauche jetzt Erholung, meine zwei Bier und meinen Schönheitsschlaf. Bis morgen zum Frühstück dann, Nacht!"

Es war ein unruhiger Schlaf, in den Thommy glitt. In seinem wirren Traum stritt er sich ausgerechnet mit Marie und Alex über Fabeltiere und rief immer wieder den beiden zu: Und Einhörner gibt es doch! Schließlich fiel er aber erschöpft in ruhigeren Schlaf.

Marie kam immer mehr ins Grübeln. Seit dem Übernachtungsdrama mit Mutti und der Polizei betrachtete sie ihre Beziehung mit Lavina objektiver. Die rosarote Brille von einst, war einer Sehhilfe mit exzellenter Schärfe gewichen. Lavina entwickelte sich immer mehr zu einer einnehmenden Person. Wenn Marie etwas nicht ertrug, dann waren dies Kontrolle und ständige Vereinnahmung. Außerdem misstraute Lavina dem Verhältnis zwischen Thommy und ihr immer mehr. Forderungen dieses angenehme Wohnverhältnis aufzugeben, standen immer öfter zur Diskussion. Um ihren Kopf irgendwie freizubekommen, begab sich Marie ans Ufer des Landwehrkanals auf einen kurzen Spaziergang. Auf einer Bank nahm sie Platz und blickte auf das trübe Wasser. Plötzlich setzte sich jemand dazu. Marie verdrehte genervt die Augen. Kann man denn nicht mal in Ruhe am Paul-Linke-Ufer deprimiert allein sein. Sie drehte sich also der Nervensäge zu, schon einen frechen Spruch parat, als sie stutzte. Da saß gerade ein rosa Einhorn neben ihr. Marie vergaß, was sie eigentlich sagen wollte, denn dem Fabeltier kullerten Tränen aus den Augen.

„Entschuldige bitte die Störung, aber ich kann jetzt einfach nicht allein sein. Ich bin Max.", sagte es und reichte einen Huf zur Begrüßung.

„Marie, angenehm! Was ist passiert? Kann ich dir irgendwie helfen?", erwiderte Marie und dachte gleichzeitig, dass einem so etwas auch wirklich nur in Kreuzberg passieren kann.

„Ach ich wollte meinen Liebsten morgens in seiner Wohnung mit frischen Backwaren und meiner Verkleidung überraschen. Was habe ich mir für eine Mühe beim Schminken gegeben. Stattdessen überraschte er mich, und zwar mit einem anderen Mann in seinem Bett. Ich habe ihm seine Schlüssel an den Kopf geworfen und bin schreiend aus der Wohnung gerannt. Erst hier kam ich zur Ruhe und sah dich allein auf der Bank sitzen. Du erschienst mir auch nicht gerade glücklich.", erklärte Max.

Marie überlegte kurz, ob sie sich einem Fremden öffnen sollte, verwarf dann ihre Zweifel und schilderte ihre Situation. Max war ein guter Zuhörer. Andere Spaziergänger liefen schmunzelnd an ihnen vorbei. Aber die Berliner wundern sich kaum über etwas. Und die Touristen lieben die Berliner für ihre offene, verschobene Art. Max zuckte zusammen. Sein Handy vibrierte, der Ex-Freund rief an.

„Es ist aus, ich will dich nie mehr wieder

sehen!", gab Max gefasst von sich und legte auf. „So, jetzt du! Beende die Beziehung, die macht dich nicht glücklich. Hast du noch Sachen bei Lavina?", fragte Max.

Marie musste lachen, als sie ihm erzählte, dass sie in letzter Zeit schon immer mehr persönliche Dinge wieder zurück mit nach Hause genommen hatte, ohne, dass es überhaupt auffiel. Marie wägte ab. Sollte sie die Beziehung tatsächlich am Telefon beenden? Allerdings verspürte sie keine Lust, sich dem Temperament von Lavina und ihrer Mutter auszusetzen. Es folgte ein kurzes, aber heftiges Telefonat. Lavina schimpfte in einer Lautstärke am anderen Ende der Leitung, so dass Max dachte, sie stünde plötzlich hinter ihnen.

„Hast du Lust auf einen Drink?", frage Marie als frischer Single den anderen frischen Single. Max freute sich über das Angebot und folgte ihr.

„Wo gehen wir hin? Ich kann doch nicht als Einhorn in eine Kneipe gehen…", grinste Max. Marie erklärte ihm, dass dies hier in Kreuzberg durchaus ginge, sie aber zur WG laufen würden, wo er dann gleich ihren besten Freund kennen lernen könnte.

Dieser saß entspannt mit Rieke im Garten vor dem Gartenhäuschen. Der Hund knurrte leicht und Thommy traute seinen Augen nicht. Da erschien doch Marie glatt mit einem großen, etwas dicklichen, rosa Einhorn im Hinterhof.
„Na, was ist dir denn da zugelaufen?", fragte Thommy lachend und beruhigte Rieke.
Marie machte beide miteinander bekannt und berichtete sogleich ausführlich, was sich zuvor ereignet hatte.
Thommy begrüßte nicht nur Max, sondern vor allem auch die vortreffliche Entscheidung Maries zu der Trennung von Lavina. Nie wieder Angst vor Mutti, das war ihm spontan eine neue Runde Kaltgetränke wert. Alex schaute aus dem Fenster in den Hof, da er das Klirren vom Anstoßen der Getränke vernahm.
„Ihr habt ein neues Haustier?" rief er hinunter.
„Ja, irgendwie schon, das ist Max. Am besten kommt ihr runter zur Begrüßung, damit es innerhalb der Herde nicht fremdelt.
Klara wird sicher begeistert sein.", lachte Marie.
Max winkte etwas schüchtern nach oben zu Alex.

Es wurde ein schöner Abend und Marie wurde ein weiteres Mal bewusst, wie wertvoll echte Freunde sind. Fürs Erste wurde Max in ihrem Gästezimmer untergebracht und bekam ein paar Sachen zum Anziehen von Thommy. Zum Beziehen der Decken des Gästebetts fand er auch noch das alte Bettzeug aus Mareikes Kindertagen, natürlich mit aufgestickten rosa Einhörnern. Unwillkürlich musste er an seine kleine Prinzessin und ihre kindliche Pferdephase denken. Lange war es her, jetzt ist die schon volljährig und hasste es, wenn er dieses Bettzeug rauskramte, wenn sie zu Besuch da war und übernachtete. Natürlich hatte Thommy eine diabolische väterliche Freude daran, dann gelegentlich genau dieses Bettzeug für Mareike zu beziehen, aber heute hatte ein anderer Spontangast mal das Vergnügen. Wenn das nicht passte wie die Faust aufs Auge? Er grinste und dachte er habe eben doch richtig geträumt, Einhörner gibt es doch, jedenfalls hier bei uns in Berlin-Kreuzberg und nett sind die auch noch, zumindest das eine, dass sie vorhin gerade kennengelernt hatten.

Max lebte sich schnell ein. Nach einer Weile fiel

Thommy bei einem gemeinsamen Frühstück mit Marie und Max etwas ein. Neben ihrem kleinen Gartenhäuschen auf der anderen Seite ihres Gartenzaunes stand noch ein kleiner ehemaliger Stall, der war massiv gemauert, hatte sogar das ehemalige Aussenkloset des Vorderhauses, dass natürlich nicht mehr benutzt wurde, in seinem Inneren, welches sich sicher leicht zu einem neuen Badezimmer mit WC ausbauen ließ. Die alten Fenster müssten nur durch moderne, anständige Thermofenster ausgewechselt werden, etwas Wärmedämmung außen und unter das intakte Dach und eine einfache, neue Elektroheizung würden das bewohnbar machen. Thommy grinste als er den Vorschlag machte und diesen mit den Worten einleitete: „Sag mal Max, du als verhindertes Hobbyeinhorn wärst doch sicher sehr gut in einem ehemaligen Stall direkt neben unserem Gartenhäuschen untergebracht, wenn wir den mit dir zusammen sanieren und bewohnbar machen würden. Dann hättest du sogar einen eigenen kleinen Garten davor, wie so eine Art Koppel für kleine dicke Einhörner." Alle mussten lachen und machten bereits Pläne. Vorteilhaft war, dass dieser alte kleine Stall und der als weiterer Garten gedachte kleine Teil vom Hof auch Thommy gehörten und der die Kosten auch übernehmen würde, wenn die beiden anderen helfen würden und Max dann später eine faire kleine Miete für das zweite, dann im Hof stehende, etwas kleinere Gartenhäuschen, mit noch kleinerem Garten, übernehmen würde. Das würde er gerne, rief Max aufgeregt, denn als verbeamteter Kunst - und Deutschlehrer würde er sich das ganz sicher leisten können und das Paul-Linke-Ufer in Berlin-Kreuzberg mochte er schon immer. Auf der anderen Uferseite, bereits im Bezirk Neukölln, am Maybachufer, ging er doch für sein Leben gerne Obst und Gemüse einkaufen auf dem großen, bunt gemischten Straßenmarkt. So kam also innerhalb von wenigen Wochen ein neuer Individualist als Neubürger nach Kreuzberg. Was für ein Glück doch alle hatten, dass Susi im Bauamt arbeitete und für eine zwar korrekte, aber trotzdem sehr zügige Bearbeitung der nötigen Bauanträge sorgen konnte. Für die nächsten Wochen war Thommy, genau wie die anderen, in seiner Freizeit mit Umbauarbeiten beschäftigt, aber als diese sich langsam dem

Ende näherten und die Freizeit wieder zunahm fiel ihm auf, dass doch irgendwas fehlte. Er kam zu dem Schluss, dass es statistisch völlig unhaltbar war, dass alle drei im Hofbereich wohnenden Personen Singles waren. Er nahm sich vor das zu ändern. Und er wollte den Anfang machen. Also rief er seine Schulfreundin Moni an, um sie ganz unverbindlich zu fragen, ob sie mal Lust habe mit ihm einen Kaffee trinken zu gehen. Erstaunlich schnell und unkompliziert sagte Moni auch zu und bot an dies gerne am nächsten Tag in der kleinen Kneipe in seinem Vorderhaus bei Sally zu machen, er wäre ja jetzt wieder Single und bräuchte sich vor seiner Ex Karo nicht mehr verstecken. Woher die das nun schon wieder wusste, dachte sich Thommy, aber Kreuzberg war ein Dorf was solchen Tratsch betraf. Jedenfalls musste Thommy unwillkürlich grinsen als ihm bei diesem Telefonat auffiel, dass natürlich Moni, mit ihrem, für Kreuzberger Verhältnisse skurrilen Hobby des Reitsports mit eigenem Pferd, dass sie in einem Stall in einem Randbezirk Berlins eingestellt hatte, sehr gut zu seinem neuen Freund und Nachbarn im sanierten Stall passen würde, der noch dazu gelegentlich Einhornkostüme trug und immer noch in der Einhornbettwäsche von Mareike schlief. Wie gut Moni allerdings zu Marie passen würde konnte er sich noch nicht ausrechnen, einiges muss man eben auch dem Schicksal überlassen, dachte er weiter grinsend. Zum Glück konnte Moni nicht Gedanken lesen. Am nächsten Tag saß Thommy an dem kleinen Bistrotisch vor Sallys Kneipe zu deren großem Erstaunen Thommy tatsächlich einen Kaffee bestellt hatte.

„Eigentlich bestellst du Kaffee doch immer erst zum Ende eines eurer Besäufnisse oder am Morgen danach. Alles klar bei dir? Oder lass mich raten... Ich weiß! Ein Date. Du hast ein Date! Wer ist es denn?", fragte Sally breit grinsend. „Moni, eine Schulfreundin von früher.", antwortete Thommy etwas genervt. „Moni? Die Moni, mit der du früher Händchen gehalten hast, echt jetzt, ich dachte die interessiert sich nur fürs Reiten.", lachte Sally los. Die weiß auch irgendwie immer alles über jeden dachte Thommy und sah auf. An der nächsten Ecke kam eine Frau auf sie zu.

Thommy erkannte Moni schon von weitem. Sie trug ihr blondes Haar immer noch lang und das stand ihr auch. Als sie näher kam hörte er auch ihren typischen Schritt, verursacht von den Pumps, die sie so gerne trug und deren Absätze dieses typische trippelnde Geräusch machten, an das er sich noch sehr gut erinnern konnte. Schuhe und Schuhkauf waren ein weiteres Hobby von Moni, neben ihrem Pferdereitsport. Er bestellte bei Sally gleich noch einen Kaffee für Moni, die diesen blitzartig brachte und sich im Anschluss putzend am Eingangsbereich der Kneipe zu schaffen machte. So ein neugieriges Weibsbild dachte Thommy, bevor er Moni begrüßte und sie bat Platz zu nehmen. Mit langwierigen Begrüßungsformalitäten hielt sich Moni aber nicht auf, sondern beugte sich zum verdutzten Thommy runter, umarmte ihn und drückte ihm einen kurzen Begrüßungskuss auf. Thommy blickte dabei zwangsläufig in Monis recht offenes Dekolleté und stellte entzückt fest, dass alles noch da war und dies auch offenbar in der richtigen Größe am rechten Fleck saß. Moni kicherte, setzte sich, blickte ihn dabei fest an und sagte: „Na alles gesehen, zufrieden? Ist glaube ich ganz ordentlich, oder was meinst du? Kann sich doch sehen lassen, oder?"

Thommy wurde leicht verlegen und flüsterte schüchtern kurz zu Sally guckend ein ganz leises: „Da ich ja fast davon erdrückt wurde kann ich das mit großer Freude absolut bestätigen."

„Das freut mich Thommy, ich bin nämlich auch wieder Single und ich glaube wir zwei sollten es unbedingt mal miteinander versuchen, aber erst erklärst du mir mal bitte noch, wer die Frau ist, die da bei dir im Gartenhäuschen mit wohnt.", flüsterte Moni und hörte ein leises Kichern.

Moni drehte sich zu Sally, sah, dass diese das Kichern verursacht hatte und erklärte ihr, dass sie gerade Zeugin des Entstehens einer neuen, wunderbaren Beziehung geworden sei.

Sally rief: „Glückwunsch euch beiden Turteltäubchen! Die Geschwindigkeit der Beziehungsanbahnung dürfte übrigens neuer Kneipenrekord sein." Und verzog sich weiter putzend und grinsend nach drinnen.

Thommy dachte verdutzt zwei Sachen: Zum Ersten, dass Moni ja mächtig rangehen würde, ihm das aber sehr imponierte und er das irgendwie zwar komisch, aber auch toll fand und zum Zweiten, woher die, bei allen Göttern, denn nun schon wieder wüsste, dass er mit Marie zusammenwohnen würde. Also erklärte er Moni bei einigen weiteren Runden Kaffee, die Moni hin und wieder mal mit einem Glas Sekt für sich auflockerte, die Umstände seines harmlosen und freundschaftlichen Zusammenwohnens mit Marie. Er vergaß auch nicht zu erwähnen, dass Marie sich seit Jahren fast nur noch für Frauen interessieren würde. Moni nahm diesen Umstand zufrieden auf und erklärte Thommy, dass sie ja ohnehin ihre Wohnung habe und wenn sie bei ihm übernachten würde, ja sicher in seinem, nein, jetzt ja dann wohl eher ihrem gemeinsamen Zimmer nächtigen würden und eine weitere Mitbewohnerin da ja wohl kaum stören würde. Indessen stand Sally hinter der Eingangstür ihrer Kneipe und dachte Thommy wäre ein typischer Mann, der den Einschlag einfach nicht mal bemerken würde. Sie musste etwas tun und das tat sie auch. Sie rief Marie an und teilte ihr mit, dass Thommy eine neue Herrin und Meisterin hätte und Marie damit auch eine neue gelegentliche Mitbewohnerin, die wohl sehr einnehmend wäre und innerhalb einer Stunde Thommys Beziehungsstatus und ihre Wohnsituation in ihrem Interesse verändert hatte. Marie wurde hellhörig und fragte Sally wie das denn so urplötzlich gekommen sei.

Sally antwortete Marie mit einem typisch weiblichen Unterton: „Du weißt doch selbst wie das geht, kennst du doch auch noch aus deiner Zeit, als du noch auf Männerfang warst. Ein bisschen mit dem Hintern wackeln, paar schicke Pumps, ein wenig Dekolleté zeigen, wobei die Neue eben eher alles gezeigt hat. Und dann hat die auch noch lange blonde Haare. Da setzt doch bei vielen Männern sofort das Hirn aus und Thommy der Teddybär ist da eben sofort hilflos in deren Fänge geraten."

„Ich werde wohl mal vorsichtshalber ein Auge darauf haben. Der Thommy Teddy braucht da vielleicht etwas wohlwollende, gutgemeinte Betreuung demnächst. Ich passe schon auf.", versprach Marie.

Keine Stunde später erschienen Thommy und Moni bei Marie im Gartenhäuschen. Moni lief direkt zu Marie, streckte ihr überschwänglich die Hand entgegen und stellte sich als Thommys neue Freundin vor. Marie drückte Monis Hand, vielleicht ein Quäntchen zu fest, lächelte und konnte es sich nicht verkneifen, Moni zu begrüßen indem sie diese herzlich willkommen hieß und ihr dabei mitteilte, sie wäre sozusagen die etwas andere Lebensgefährtin von Thommy. Alle lachten, Thommy war erst mal erleichtert, dass das erste Aufeinandertreffen von Moni und Marie ohne Probleme lief und er nannte sie beide seine süßen M & M`s. Nach einem Begrüßungssekt im gemeinsamen Wohnzimmer verschwanden Thommy und Moni in Thommys Zimmer. Marie blieb zurück auf der Couch und genoss es sich mal allein auf dieser so richtig lang lümmeln zu können und zwanglos zwischen den einzelnen Fernsehsendern und Netflix hin und her zu wechseln. Die Anwesenheit von Moni hatte also zweifellos auch zumindest einen für sie selbst positiven Nebeneffekt. Das überaus frühe Aufstehen Monis, auch an den freien Tagen am Wochenende machte ihr wenig aus, denn sie war selbst keine Langschläferin und so hatte sie immerhin dann etwas Gesellschaft zum Frühstück, wenn Thommy mal wieder etwas länger unterwegs war bei irgendwelchen von seinen sonderbaren Vereinstreffen seines

Neuheidenvereins. Marie hielt diese Treffen zwar nur für vereinsmäßig übertünchte Partys mit alkoholunterstützten, neuheidnischen Aktivitäten, aber einige von Thommys vielen Vereinskameraden hatte sie schon kennen und schätzen gelernt, die waren eigentlich alle sehr nett, seriös, arbeitsam und unterhaltsam und Thommy genoss diese Treffen, also war es gut. Schließlich hatte sie dafür nun in der Zeit von Thommys gelegentlichen Abwesenheiten die Möglichkeit beim morgendlichen Frühstücken mit Moni, diese ungestört etwas näher kennen-zulernen. Allerdings war Moni dabei oft in Eile, denn sie wollte immer möglichst früh bei ihrem Pferd sein und hatte dazu immer einen längeren Weg bis zum Stall am Stadtrand vor sich. Anfangs musste Marie sich morgens doch etwas zusammennehmen um nicht laut loszuprusten, wenn Moni im Reitoutfit am Frühstückstisch erschien. Gelegentlich ertappte sie sich auch bei dem Gedanken zu hoffen, dass das Reitkostüm einschließlich Reitgerte hoffentlich erst morgens angezogen wurde und nicht etwa sogar zum allabendlichen Unterhaltungsprogramm von Thommy und Moni gehörte. Sie nahm sich vor irgendwann mal zufällig, ganz aus Versehen, ins Badezimmer zu platzen, wenn Thommy duschte, um zu kontrollieren, dass er auch wirklich keine reitgertenverursachten Striemen auf seinem Hintern hatte. Thommy traute sie zwar derartige Ausschweifungen weniger zu, der war eigentlich eher ein unauffälliger, pflegeleichter Typ nach allem was sie so von ihm wusste und inzwischen so mitbekommen hatte. Bei Moni und ihrem einnehmenden, dominanten Verhalten war sie sich da gar nicht so sicher. Ihr Beschützerinstinkt war jedenfalls geweckt und musste besänftigt werden. Ganz beiläufig fragte sie Moni beim Frühstücken wie denn so ihre Tagespläne in nächster Zeit aussähen. Moni guckte etwas stutzig und teilte ihr dann aber mit, heute Abend in ihre Wohnung zu fahren, wenn sie vom Reiten käme, da Thommy ja erst übermorgen wieder zurückkommen würde und gestern Nacht, als der um drei Uhr in der Frühe zu seinem Vereinstreffen auf einer Burg in Hessen losfuhr, ihre Duldsamkeit auf eine harte Probe gestellt worden war. Zum Glück würde er sich beim Schuhe shoppen mit ihr am Montag, wenn er wieder daheim sei, an seinem freien Tag, ihre weitere Duldsamkeit erkaufen können. Sie habe vor endlich mal den ganzen Tag, in seiner Begleitung, ausgiebig nach neuen Pumps zu suchen.

„Äh, du weißt schon, dass der sich den Tag nach seinen langen Vereinstreffen extra immer zum Ausnüchtern und Erholen freinimmt und das auch braucht, der ist ja schließlich keine Dreißig mehr.", rief Marie ihr zu, ein klein wenig entsetzter als sie dies eigentlich rüberbringen wollte.

„Ach der, da muss er jetzt durch. Ich glaube der muss sich sowieso darauf einstellen, dass der nicht ständig unterwegs sein kann mit seinem bekloppten Neuheidenverein. Da gibt der nur unnötig Geld für abendliche Vergnügungen und Suff aus. Das muss langsam mal ein Ende finden, denn du hast Recht, der ist schließlich keine Dreißig mehr.", entgegnete Moni.

„Aber Moni, das ist doch sein Geld und so viel gibt der auch gar nicht aus, das meiste sponsort doch sowieso sein Verein bei den Treffen und der geht doch da so gerne hin. Der braucht doch auch mal ein wenig Spaß, Hobby und Freizeit, schließlich arbeitet der ja auch die ganze Woche über fleißig im Büro und sein Haushaltsgeld wirft der immer und zuverlässig, pünktlich in unsere Haushaltskasse.", entgegnete Marie.

„Ja, aber trotzdem können wir da Geld bei ihm einsparen, unser Pferd kostet ja auch so einiges und demnächst werden wieder Kosten für Hafer und Heu fällig. Strohballen muss ich auch bald wieder bestellen. Da kommt schon einiges zusammen.", sagte Moni, nahm sich noch ein Croissant mit auf den Weg und eilte los in Richtung Stadtrand zu ihrem Pferd.

Marie war entsetzt. Da läuft es also drauf zu. Die sucht einen Idioten, der ihr teures Reithobby und ihren Schuhfimmel finanziert, weil ihr Gehalt aus ihrem Job dazu nicht ausreicht. Deshalb wusste die über Thommys aktuelle Lebensverhältnisse also schon vor ihrem ersten Treffen so gut Bescheid und deshalb hat die sich so schnell an den harmlosen Teddybären rangeschmissen. Die hatte einen Plan, dachte Marie, den sie ihr gründlichst versalzen wollte. Als erstes musste Sally, die ja gleich beim ersten Treffen argwöhnisch geworden war, mit ins Boot geholt werden. Marie ging nach vorne in die Kneipe, die von Sally gerade geöffnet wurde, erzählte ihr alles und Sally hatte gleich eine Idee. „Pass auf, Marie, du bringst mir jetzt Rieke nach vorne in die Kneipe, ich passe auf den Hund auf, die ist ja lieb und kennt uns alle, die wird sich für einen Tag hier wohlfühlen. Du fährst hinterher zum Pferdestall und guckst dort mal was Moni da eigentlich so treibt und weshalb die so viel Geld braucht.", erklärte Sally ihren Plan.

Marie war begeistert, brachte Rieke nach vorne zu Sally und fuhr los zum Stadtrand, gespannt darauf, was sie auf dem Reiterhof vorfinden würde. Marie war vorsichtig, viele gemeinsam mit Thommy geguckte Detektivserien auf Netflix kamen ihr jetzt in Erinnerung. Deshalb parkte sie etwas weiter weg und lief noch ein Stück zum Reiterhof. Sie hatte extra in ihrem gut gefüllten Kleiderschrank gekramt und ein feines Kostüm gefunden, dass Moni garantiert nicht kannte. Marie im Rock, das hatte selbst Thommy erst wenige Male erlebt, dazu eine schöne, große Sonnenbrille, das Haar unter einem modischen, aber nicht zu auffälligem Haartuch versteckt, so war sie zuversichtlich, zumindest von Weitem, nicht erkannt zu werden. Zumal Moni hier, zu dieser Zeit, an diesem Ort, auch sicher nicht mit ihr rechnete. Ihr Plan ging auf. Unter all den vielen Müttern, die ihre Töchter zu deren Reitstunden brachten und dort am Hofladen standen, dem Treiben zusahen und Kaffee tranken und den vielen Familien, die mit ihren Pferden beschäftigt waren, fiel Marie gar nicht weiter auf. Standesgemäß hatte sie sich auch im Hofladen ein Gläschen Sekt genehmigt. Sie fand das stand ihr für ihr Bemühen auch zu. Zunächst entdeckte Marie nichts Auffälliges. Moni war gar nicht zu sehen. Nach einer Weile entdeckte sie dann doch Moni. Diese kam gerade angeritten auf einer wirklich schön anzusehenden, großen, offenbar sehr gut gepflegten, braunen Stute. Der Anblick gefiel ihr. Offenbar beherrschte Moni das Reiten sehr gut. Sie machte eine gute Figur auf der Stute und der Trab wirkte sehr harmonisch als Moni in den Hofbereich einritt. Elegant glitt sie vom Sattel und versorgte die Stute. Nachdem sie ihr Pferd noch auf eine Koppel gebracht hatte, verschwand Moni hinter den Stall und Marie folgte ihr. Dort saßen bereits einige weitere Pferdesportfreunde, die sich allerdings vom Rest der Leute auf dem Hof dadurch unterschieden, dass sie im Westernstil

gekleidet waren. Ach du meine Güte, dachte
Marie, Stadtcowboys, alles Freizeit -und
Hobbyhelden! Sie war skeptisch. Sie glaubte zu
erkennen, dass wohl kein einziges Mitglied
dieser Gruppe jemals einen Nagel in eine Wand
gehauen bekommen hatte, hier aber jetzt
offensichtlich Kindheitsträume auslebte. Naja,
schadet ja niemanden und jeder sollte auch den
jeweiligen Lebenstraum ausleben können, vor
allem wenn die ganze Woche ansonsten aus
einem langweiligen Bürojob bestand. Aber was
machten die nun eigentlich alle dort, fragte sich
Marie. Moni jedenfalls schien alle zu kennen,
begrüßte sie etwas zu herzlich, wie Marie fand,
mit Küsschen und übertriebenem Umarmen,
insbesondere die Männer. Dann nahm Moni
Platz neben einem der Hutträger und hielt etwas
zu vertraut Händchen mit ihm. Marie war
entsetzt und schlich etwas näher ran, um die
Gespräche zu belauschen. Das Gespräch drehte
sich darum, dass die Gruppe wohl kurz davor
stand einen Freizeitsaloon auf dem Gelände des
Reiterhof bauen zu dürfen und nun demnächst
die jeweiligen finanziellen Anteile dafür von den
einzelnen Mitgliedern der Gruppe fällig würden.

Auch Moni hatte einen Anteil zu tragen, der sich auf 1500,-Euro belaufen sollte. Eigentlich kein zu hoher Betrag, für ein Hobby, dachte Marie. Aber wenn jemand sowieso schon die Haltung eines Pferdes nur mit Mühe und mit Unterstützung des neuen, und vermutlich auch schon des vorhergehenden, Freundes stemmen kann, könnte dies doch ein finanzielles Problem werden. Marie war schlagartig klar, wie die feine Dame dieses Problem zu lösen gedachte und machte sich auf den Rückweg, nicht ohne vorher noch einen kleinen Mitschnitt mit ihrem iPhone von der immer noch viel zu vertraulich händchenhaltenden Moni und dem eng neben ihr sitzenden Herrn zu machen. Zum Glück würde sie Thommy vor Moni sehen, unmittelbar wenn der endlich von seinem Vereinstreffen zurückkäme. Als Thommy dann zurückkam, sah er Marie zusammen mit Sally auf der Couch sitzen, eine Flasche Gin stand bereit und er hörte beide fast im Chor sagen, er solle sich erst mal setzen, sie hätten keine guten Nachrichten für ihn, fühlen sich aber seiner selbst willen dazu verpflichtet jetzt Klartext mit ihm zu reden. Gerade als Thommy erfahren hatte, dass ihm morgen ein vermutlich teurer Schuhshoppingtag mit Moni bevorstehen würde, mit dem er sich von den, demnächst auch noch von ihr etwas mehr einzuschränkenden, gelegentlichen Vereinstreffen freikaufen sollte, dachte er das Schlimmste nun hinter sich zu haben und ein klärendes Gespräch mit Moni dringend nötig werden würde, in dem er ihr ihre Grenzen aufzeigen müsse. Aber Marie senkte nun den Kopf etwas und flüsterte leise, sie müsse ihm noch was zeigen und reichte ihm ihr iPhone mit der Aufnahme der sonderbaren Situation hinter dem Stall. Marie erklärte Thommy auch noch, dass Moni ihn vermutlich bald um 1500,- Euro anschnorren würde, womit sie ganz sicher ihren Anteil an dem Freizeitwesternsaloon bezahlen wollen würde. Jetzt war Thommy echt entsetzt. Vieles erklärte sich nun, aber wie sollten sie nun weiterverfahren? Marie hatte eine Idee und weihte die beiden anderen ein.

Irgendwann erschien Moni. Sie schleppte eine Tüte mit Gemüse und Zutaten für ein leckeres Essen mit sich und verschwand nach einer kurzen Begrüßung, bei der sie Thommy sofort überschwänglich mitteilte, wie sehr sie ihn doch vermisst habe und wie langweilig ihr in der kurzen Zeit seiner Abwesenheit gewesen sei, sie ihnen allen aber nun ein leckeres Menü kochen würde. So eine Schleimerin, dachte Marie, die will doch nur Kohle von Thommy abstauben und tut jetzt hier auf häusliches Frauchen. Offenbar war sie völlig ahnungslos und störte sich gar nicht an der Anwesenheit von Sally, die mit Marie auf der Couch saß. Fast beiläufig rief sie aus dem Küchenbereich zu Thommy, der mit den beiden anderen Frauen im Wohnzimmer saß und Grimassen schnitt, dass sie demnächst ihre Miete überweisen müsse, aber gerade ihrer Schwester Geld geliehen habe, die sich in einer unverschuldeten Notsituation befand und ob er ihr vielleicht mal 1500,-Euro vorstrecken könne, damit sie ihr Konto nicht überziehen müsse. Marie flüsterte leise: „Als wenn die ihr Konto überhaupt noch weiter überziehen könnte, die hat doch schon längst ihren Dispokreditrahmen mehr als einmal ausgeschöpft."

Die Drei im Wohnzimmer kicherten, während Moni in der Küche das Gemüse schnitt. Jetzt kam Thommys geplanter Auftritt. Er stand auf und stellte sich so an den Türrahmen, dass er sowohl Moni in der Küche sehen konnte als auch selbst für die anderen beiden Frauen im Wohnzimmer noch zu sehen war.

Ganz ruhig sagte er: „Das ist jetzt aber blöd. Ich habe gerade Sally Geld für die Renovierung ihrer Kneipe vorgestreckt und Marie versprochen, dass wir uns zusammen ein neues Auto kaufen wollen. Jetzt habe ich mein Erspartes also schon komplett mit den beiden verplant."

Moni explodierte in der Küche und schrie: „Das kann doch nicht wahr sein! Du kannst doch nicht einfach all dein Geld verplanen, ich brauche auch was davon. Das ist ein Komplott! Das machst du nicht! Du unterstützt gefälligst erst mal mich, ich bin deine Freundin."

Mit betont ruhiger Stimme wandte sich Thommy jetzt an Moni: „Doch meine Gute, genau das kann ich, das ist nämlich mein Geld."

Das Nächste was Thommy hörte war ein leise sirrendes und im Anschluss vibrierendes Geräusch, ausgelöst durch das Küchenmesser, welches aus der Küche erst Richtung Türrahmen an ihm vorbeiflog und dann nur eine Handbreit neben seinem Hals im Holz des Rahmens ein-schlug. Moni hatte jetzt in der Küche offenbar völlig die Beherrschung verloren und befand sich in einem hysterischen Wutanfall. Offenbar hatte sie dabei unwillkürlich in einem Reflex mit dem Messer in ihrer Hand, zum Glück ungezielt, nach Thommy geworfen und ihn so knapp verfehlt. Sie selbst hatte das zunächst gar nicht bemerkt und schrie weiter hysterisch rum, während Sally und Marie Thommy schnell zu sich zogen und sich vor ihn stellten, um ihn ja aus der Reichweite von Moni zu halten.

Natürlich erfolgte der obligatorische Anruf aus der besorgten Nachbarschaft bei der Polizei mit dem Hinweis auf eine laut schreiende Frau im Gartenhäuschen des besagten Grundstücks im Paul-Lincke-Ufer. Während die Anwesenden erfolglos versuchten die weiter hysterisch schreiende Moni zu beruhigen, stürmten die beiden Kreuzberger Polizisten ein zweites Mal durch die Terassentür den Innenbereich des ihnen ja bereits bekannten Gartenhäuschens. Einer der beiden nahm professionell sofort das Messer aus dem Türrahmen an sich und nur der Umstand, dass Thommy ihnen ja bereits eher als Opfer weiblicher Attacken denn als möglicher Täter bekannt war, bewirkte diesmal, dass er nicht gleich als vermeintlich Verdächtiger zu Boden gebracht und gefesselt wurde.

Der neben ihm stehende Polizist erkannte ihn natürlich sofort wieder und rief gleich: „Du schon wieder? Du musst mal dringend an der Auswahl deines weiblichen Umfeldes arbeiten. Sollte das Messer dich etwa treffen und wer ist das hysterisch schreiende Wesen da hinten in der Küche?"

Thommy erklärte ihm dies wäre seit ungefähr 10 Minuten seine Ex-Freundin und sie habe sicher nicht mit Absicht nach ihm geworfen, sie war wohl nur außer sich vor Wut und habe ihren Reflexen nachgegeben.

Moni schrie jetzt etwas weniger hysterisch, dafür aber sehr ärgerlich: „Was heißt hier Ex? Das entscheidest doch nicht du, so geht das nicht, ich habe Pläne gemacht."

Das war Maries Stichwort, sie zeigte Moni ihr iPhone mit der Aufnahme vom Pferdehof und fragte sie: „War das etwa dein Plan?"

Moni wurde schlagartig ruhig und errötete. Sie fragte leise die Polizisten, ob sie gehen dürfte, packte ihre paar Sachen zusammen und verließ wortlos, mit versteinerter Miene das kleine

Gartenhäuschen. Als sie raus war mussten alle wie auf Kommando lachen. Selbst die beiden Polizisten schlossen sich an, blieben noch auf einen Kaffee und bedankten sich für das erneut gebotene unfreiwillige Unterhaltungsprogramm bei Thommy, der lächelnd hinzufügte: „Diesmal sogar mit Zirkusprogramm, nämlich einem gekonnten Auftritt einer Messerwerferin." Wenigstens nahm er es mit Humor, dachte Marie und war froh wieder zum alten Trott ihrer kleinen Wohngemeinschaft zurückkehren zu können. Thommy bedankte sich bei den beiden Frauen und machte zur Feier des Tages und als kleines Dankeschön seine beste Flasche Sekt auf und goss ein. Marie stieß an und fragte ihn, ob das mit dem neuen gemeinsamen Auto denn wenigstens ernst gemeint gewesen sei. Thommy erklärte ihr sofort, dies wäre natürlich nicht der Fall gewesen, er habe Moni nur aus der Reserve locken und noch ein bisschen quälen wollen. „Schade.", sagte Marie und Sally fügte lachend hinzu: „Dann bekomme ich wohl auch kein Geld für eine Renovierung, du kleiner Schurke, ich hole Moni gleich wieder zurück Freundchen." Wieder mussten alle lachen und entschlossen sich spontan noch ein paar Sektkorken an diesem ereignisreichen Tag knallen zu lassen.

Am nächsten Wochenende saßen Marie, Thommy, Max und Alex bei ein paar leckeren Grillwürstchen, Bieren und einer Flasche Gin, natürlich mit Tonic, im Garten. Alex gab gerade froh von sich, wie wunderbar still es jetzt wieder im Hofbereich war, seitdem Marie und Thommy die Bewohner des Vorderhauses nicht mehr mit lauten Lebensgefährtinnen oder rustikalen Müttern derselben beglücken würden. Max stimmte dem zu, woraufhin Thommy ihm zu verstehen gab, dass eben nicht alle so liebe Einhörnerfans seien wie er, er aber immerhin eine Kollegin von ihm kennengelernt habe. Die sei auch Lehrerin und unterrichte genau wie er auch Deutsch und interessiere sich zumindest für Kunst, allerdings eher Filmkunst. Ach, und rosafarbene Bekleidungsteile trage sie auch manchmal, allerdings nicht im Einhornschnitt. Er helfe ihr gerade beim Renovieren ihrer neuen Wohnung und wolle sie gerne am Mittwoch mal mitbringen und sie Marie vorstellen. Marie war gespannt. Am Mittwoch erschien Thommy dann auch mit seiner neuen Herzensdame und stellte sie einander vor: „Marie, darf ich vorstellen Betty, Betty das ist meine Mitbewohnerin Marie. Ich habe euch ja schon voneinander erzählt." Betty lächelte angenehm und zog eine Flasche Gin und eine Flasche Tonic aus ihrer etwas zu großen Umhängetasche, drückte sie Marie in die Hände und sagte: „Das habe ich anstelle von Blumen mitgebracht. Ich hörte dafür gäbe es hier bessere Verwendung, keine englische Marke, sondern aus einer kleinen Brennerei in Bayern, die mit neuen Ideen auf den Markt kommen möchte."

Das hörte Marie gerne. Gin war schon immer ihr Lieblingsgetränk und dann war das auch noch eine besondere kleine Marke, etwas Neues, Besonderes. Sie beschloss Betty zu mögen. Darin war sie sich mit Thommy offensichtlich einig. Die beiden harmonierten gut miteinander, lachten viel, besonders nach dem zweiten Gin-Tonic und verbrachten immer öfter Zeit miteinander. Manchmal waren sie auch in Bettys neuer Wohnung in Friedrichshain, vor allem wenn sie dort noch renovierten, aber auch wenn Betty mal wieder ihre Bekannten eingeladen hatte, die auch fast alle Lehrer waren und sich für Filme interessierten. Nach und nach kämpften sich die Beiden von einem Zimmer ins nächste beim Renovieren und das machte Thommy auch eigenartigerweise gar nichts aus, obwohl er sonst eigentlich nicht besonders gerne renovierte. Aber mit Betty war das anders. Sie hatten beim Arbeiten in der Wohnung sogar Spaß und oft folgte nach der Arbeit auch eine kleine Belohnung in Form eines Filmabends in einem kleinen Bezirkskino in der Yorckstraße in Kreuzberg, in dem oft moderne Filme gezeigt wurden, die nicht immer dem Hollywood Mainstream folgten, manchmal aber doch recht unterhaltsam waren. Für diesen Tag war Thommy ein Western im Yorck Kino versprochen worden nach Abschluss der Arbeiten. Thommy freute sich schon, ein Western, endlich mal ein Film, mit dem er auch etwas anfangen konnte. Es war auch nur noch eine Wandlampe in der Küche anzuschließen. Das war seine Aufgabe. Er stand auf der Leiter und rief Betty zu, sie möge die Sicherung für die Küche ausschalten. Betty rief kurz darauf fröhlich das wäre erledigt. Thommy, von Natur aus sehr Misstrauisch was

Frauen, Elektrik und jede denkbare Verbindung dieser beiden Elemente betraf, bat Betty daher vorsichtshalber nochmal den Lichtschalter der Deckenlampe in der Küche anzuknipsen.

Das tat Betty auch und sagte: „Siehst du, es bleibt dunkel an der Decke. Bist du misstrauisch, ich hatte dir doch gesagt, dass ich die Sicherung für die Küche ausgeschaltet habe, typisch Kerl." Thommy war beruhigt und dacht sich noch sicher ist sicher, aber nur bis er die Kontakte der anzubringenden Wandlampe berührte. Sofort sah er einen Funken, spürte einen leichten Schlag und fiel von der Leiter hinab auf den Küchenboden. Dies geschah eher vor Schreck als von dem kurzen Stromschlag, denn er hatte den Kontakt nur kurz bei einer Handbewegung berührt. Betty sah ihn mit schreckgeweiteten Augen an, während er sich ganz langsam wieder aufsetzte. „Verdammt Betty willst du mich umbringen? Du solltest doch den Strom aus der Küche nehmen!", rief er.

„Na so schlimm war es wohl nicht. Du lebst ja noch und außerdem habe ich doch auch die Küchensicherung ausgemacht. Ich verstehe das nicht.", rief sie aufgeregt.

Das wollte Thommy jetzt aber genau wissen. Er eilte an der verwirrten Betty vorbei in den Flur zum Sicherungskasten. Tatsächlich die Sicherung war ausgeschaltet, sogar die richtige Sicherung laut der Beschriftung. Genau deshalb war auch sonst kein Strom in der Küche, das hatten sie ja auch vorher getestet. Er musste den Fehler finden und es dauerte auch nicht lange bis er die Lösung fand. Er rief Betty ins Badezimmer nebenan.

„Das ist das Bad nicht die Küche mein Prinz, falls es dir noch nicht aufgefallen sein sollte.", säuselte Betty mit betont lieblicher Stimme.

„Ich weiß", sagte Thommy, „aber irgendein Hirni hat irgendwann mal, anstatt den Stromkreislauf in der Küche zu benutzen, vermutlich zu DDR-Zeiten, um rare Kabel einzusparen, einfach ein Loch in die Wand gebohrt und das Stromkabel aus dem Bad als Anschluss für die Wandlampe in der Küche benutzt und dies vergessen auf den Sicherungen zu vermerken."

Betty war erleichtert. Sie konnte nichts für den kleinen Unfall und Thommy war auch nichts Ernsthaftes passiert außer ein paar Prellungen vom Sturz, einen gehörigen Schreck und einen winzigen Stromschlag hatte er keine Schäden davongetragen. Sie nahm sich vor das heute noch gut zu machen und sich besonders fein zu machen für den Kinobesuch und auch freiwillig zu fahren, damit Thommy im Anschluss mal ein Bier mehr trinken konnte. Das hatte er sich verdient und schließlich waren ja nun auch alle zufrieden. Bettys Wandlampe hing und funktionierte, Thommy durfte sich auf einen Western, einige Biere mehr als sonst und eine besonders schick zurechtgemachte Begleiterin freuen. Er war ja so leicht zufriedenzustellen, dachte Betty fast schon mit einem schlechten Gewissen.

Thommy freute sich sogar als er einen Filmtitel im Kino las, der gar nicht so recht zu einem echt knallharten Western passen wollte. Aber Titel sind Schall und Rauch und er hatte ja von Betty schon zwei Flaschen Bier im Vorraum des Kinos gekauft bekommen und sah sich schon im siebenten Kinohimmel angekommen. Betty kuschelte sich an ihn, zog ihre Schuhe aus und legte ihre Füße vorsichtig über die Lehnen der leeren Sitzreihe vor ihnen. Gemütlicher ging es gar nicht mehr. Wenn nur der langweilige

Vorfilm endlich aus wäre und der Western beginnen könnte. Er nahm hin und wieder einen Schluck Bier und stellte bald überrascht fest, dass er sein zweites Bier auch schon fast zur Hälfte ausgetrunken hatte. Vorsichtig beugte er sich näher zu Betty und fragte leise, wann denn der Hauptfilm anfangen würde. Betty streichelte sanft seine Wange und antwortete: „Das ist der Hauptfilm, mein Häschen."

„Nein," entfleuchte es Thommy etwas lauter als er es wollte, „das ist irgendein sozialkritischer Problemfilm über ein amerikanisches Dakota Reservat, der Alkoholprobleme, Korruption Umweltverschmutzung und Gewalt in der Gegenwart thematisiert. Ich dachte das wäre der Vorfilm und es kommt noch ein richtiger Western."

„Das ist ein richtiger Western. Eben ein echter Gegenwartswestern.", zischte Betty ihn nun an. Na prima, dachte Thommy, jetzt müsste er sich mit nur noch einem halben, übriggeblieben Bier über einen Problemfilm retten, der sicher noch eine Stunde oder länger dauern würde. Alkoholismus, Drogenprobleme, unsoziale Spekulationen mit Miethäusern, Dreck,

Umweltverschmutzung und soziale Brennpunkte konnte er schließlich jederzeit auch in Kreuzberg besichtigen, dazu hätte er nur vom Paul-Lincke-Ufer abbiegen müssen in die Ohlauer Straße, am Spreewaldplatz vorbeilaufen und in den Görlitzer Park gehen müssen. Aber dort hätte er dann wenigstens auch mal ein paar erfreuliche Dinge auf dem Weg gesehen. Menschen, die dagegenhielten und ihre kleinen Beiträge zum Guten erbrachten, die auch mal fremden Dreck beseitigten, ihre beschmierten Hauswände reinigten, die Straßenbäume gossen, einander halfen, ihr Leben so anständig wie möglich lebten und mit dem, was sie hatten zufrieden waren. Warum ihn also in der Freizeit nun die Gegenwartsprobleme auf anderen Kontinenten filmisch beglücken sollten blieb ihm einfach unergründlich. Er dachte daran, wie schön es jetzt mit einem Gin-Tonic, oder Bier bei Marie zuhause wäre, auf der Couch, mit einem Serienmarathon auf Netflix mit einer richtigen Westernserie, in der absolut jede Form von Problembewältigung durch eine ordentliche Schießerei oder ein spannendes Westernduell stattfinden würde. Thommy resignierte. Durch diesen Kinoabend musste er heute durch und Betty mochte eben solche Filme und vielleicht hielt er ja mit der halb vollen Flasche Bier auch noch eine halbe Stunde länger durch und dann hätte er es ja auch schon fast geschafft.

Als er endlich wieder bei Marie in ihrer kleinen WG und bei seiner geliebten Couch und dem schier endlosen Filmangebot von Netflix ankam, erzählte er ihr von dem Stromschlag und dem folgenden Kinoreinfall. Er erwartete natürlich tröstende Worte von Marie.

Maries einziger kurzer Kommentar dazu lautete: „In meinem Zimmer wartet übrigens auch noch eine Lampe darauf angeschlossen zu werden. Ich würde dir vielleicht auch sogar die Sicherung ausschalten, wenn du da endlich mal tätig werden würdest."

Thommy antwortete kurz angebunden: „Hier sind wenigstens alle Sicherungen richtig beschriftet. Bei mir wird nämlich nicht gepfuscht und jetzt machen wir endlich Netflix an. Ich habe Lust auf einen Western! Einen richtigen, harten Western. Steht eigentlich schon Bier kalt?"

Er hörte als Antwort ein leicht sarkastisches: „Natürlich Meister, euer Bier kommt sofort

Meister. Ich schalte geschwind den Fernseher
ein, mein Herr und Meister."
Über den Sarkasmus hörte er einfach hinweg,
denn er war endlich entspannt und glücklich und
musste sich sein Bier auch nicht mehr für die
Dauer der filmischen Unterhaltung einteilen,
denn es war mehr als ausreichend davon
vorhanden. Maries Einkauflisten am Kühlschrank
sei Dank.

Hatte er da nicht übrigens kürzlich ein ziemlich
verwirrendes „Flugente to go" gelesen, egal!

Nachdem Thommy nun also wieder in einer
Beziehung war und sich Marie inzwischen auch
von ihrer recht sonderbaren Beziehung und der
Trennung von der temperamentvollen Lavina
und deren Mutter erholt hatte, surfte sie
gelegentlich wieder auf dem Dating-Portal im
Internet.
Eine Lady war ihr dort schon vor ein paar
Monaten aufgefallen. Den Angaben im Profil
zufolge schien sie ihren Lebensunterhalt als
Flugbegleiterin zu verdienen, und die Fotos

wirkten sympathisch. Marie zögerte dieses Mal nicht lange und schrieb die ersten Zeilen. Auf die Antwort musste sie auch dieses Mal gar nicht lange warten. Jenny, die Flugbegleiterin, antwortete prompt. Marie musste lachen als sie den Namen las, weil sie unwillkürlich an das Lied von AnnenMayKantereit denken musste. Jenny schien aufgeschlossen und kommunikativ zu sein und sendete Marie ihre Handynummer. Marie überlegte kurz, ob ihr das Austauschen der Nummern zu schnell ging, verwarf dann aber ihre Zweifel. So kam es, dass die beiden noch am selben Tag miteinander telefonierten.

Jenny schien keine Zeit verlieren zu wollen. Sie schlug vor, sich in ihr kleines Cabrio zu setzten, und gleich noch spontan vorbeizukommen. Die geht aber ran, dachte Marie, zumal sie wirklich nicht gerade um die Ecke wohnte. Aber Marie war auch nach etwas Abwechslung und nannte ihr also ihre Kreuzberger Adresse. Nach dem Telefonat genehmigte sich Marie einen Gin-Tonic und lief nach draußen in den Garten. Dort saßen bereits Thommy und Max beim Bierchen und waren am Diskutieren, ob Männer Röcke tragen sollten. Max war absolut dafür, denn schließlich trugen die Schotten den Kilt bereits seit ewigen Zeiten. Thommy billigte jedem den Wunsch nachzugehen zu, wollte das selbst aber nicht praktizieren.

„Ihr verfolgt ja wieder weltbewegende Themen. Ich will mich auch nicht in eure Diskussion einmischen, sondern nur Bescheid geben, dass ich gleich Damenbesuch bekomme.", gab Marie beiläufig bekannt.

Die beiden Männer schauten interessiert zu Marie und vergaßen das Thema Röcke für Männer schlagartig.

„Wo kommt die denn plötzlich her? Warst du schon wieder im Internet unterwegs?", fragte Thommy misstrauisch.

„Ach, lass sie doch!", verteidigte Max Marie. Die zog sich einen Stuhl heran und berichtete, wie es zu dieser spontanen Verabredung kam. Thommy, immer noch misstrauisch, erklärte, dass er heute dann zuhause bleibt, falls aus Maries Zimmer Hilfeschreie zu hören wären. Max gab daraufhin bekannt, dass er nicht in seinen Stall gehen, sondern Thommy beim Aufpassen helfen werde.

Rieke schien an dem Thema ebenfalls auf ihre

Art interessiert zu sein und gab einen kurzen, bestätigenden Wuff und ein leichtes Grummeln von sich.

„Auf euch ist eben verlass, aber wer weiß, wofür das gut ist.", lachte Marie.

Ungefähr zwei Stunden später, Max trug sogar inzwischen seinen neuen Kilt und ein bisschen Rouge auf den Wangen, vernahmen sie Schritte aus dem Flur im Vorderhaus.

„Absatzschuhe!", informierte der erfahrene Thommy aufhorchend.

Vor ihrem Gärtchen erschien eine blonde Frau im Stewardess-Outfit, in der einen Hand eine schmale Hundeleine mit einem Mops dran, in der anderen Hand einen kleinen Koffer.

„Die will doch nicht gleich hier einziehen, oder?", entfuhr es Max leise.

Thommy und Marie mussten sich das Lachen verkneifen. Und das war gerade nicht einfach.

„Hallo, ich bin die Jenny und das ist Captain Kirk.", stellte die Besucherin sich und den kleinen Vierbeiner vor.

Jetzt konnten Thommy und Marie sich wirklich nicht mehr beherrschen und brüllten schier vor Lachen. Max schien als einziger die Kontrolle zu bewahren und stellte sich und die beiden Brüllaffen mit der Schnauzerhündin Rieke vor.

„Sorry Jenny, die beiden sind eigentlich ganz ok, aber wir haben heute unseren albernen Tag.", erklärte Max.

Jenny war alles andere als irritiert, im Gegenteil. Gut gelaunt ließ sie sich ein Bier reichen und nahm ebenfalls Platz, natürlich neben Marie. Während die beiden Frauen miteinander plauderten und die Männer versuchten nicht allzu neugierig zu wirken, beschnupperte Rieke Captain Kirk. Der wirkte wie erstarrt und begann leicht zu winseln. Aber Frauchen war ja mit Flirten beschäftigt.

„Du Jenny, darf ich mal stören? Hast du von deinen Uniformen vielleicht noch eine für mich übrig?", fragte Max zaghaft.

„Na passen dürfte sie dir ja, ihr habt ja ungefähr die gleiche Figur.", entfuhr es Thommy grinsend. Max trat Thommy leicht vor das Schienbein.

„Aua, ist doch wahr! Zwischen den Bildern, die mir Marie vorhin zeigte, und der Realität liegen ungefähr 10 Kilo!", verteidigte sich Thommy. Marie entschuldigte sich bei Jenny für Thommys direkte Art, verteidigte ihn aber für seine gelegentlich doch etwas eher unsensibel erscheinende Ehrlichkeit.

Apropos Ehrlichkeit! Jenny errötete leicht und erklärte, dass sie nach einer längeren Krankheit, unter der allerdings erkennbar nicht ihr Appetit gelitten hat, noch keine Zeit für ein paar neue Fotos gefunden hatte.

„Von dem Menschen, den man liebt, kann man nie genug haben, oder Jenny?", versuchte Max die Situation zu entspannen.

Sicherlich trug er im Geiste schon die schicke Stewardess-Uniform. Die beiden Molligen stießen daraufhin freudig auf ihre erogene Schwungmasse an und zwinkerten sich dabei verschwörerisch zu.

„Ach, du bist mir ja ein Süßer, schade dass ich nicht auf Männer stehe, aber du ja offensichtlich auch nicht auf Frauen, Stößchen!", jubelte Jenny, die wieder zu ihrer alten Form auflief. Anschließend nahm sie sich das kleine Halstuch ab, öffnete die obersten Knöpfe ihrer Bluse und klagte über die gegenwärtige Hitze. Noch bevor Thommy fragen konnte, ob Jenny bereits in der Menopause wäre, wegen Hitzewallungen und so, stand Marie auf und zog Jenny lieber an der

Hand ins Haus.

„Könnt ihr mal auf Captain Kirk aufpassen?", fragte sie, ohne auf die Antwort zu warten. Jenny schnappte kichernd noch schnell den kleinen Koffer und tippelte hinterher. Nachdem kurz darauf Thommy und Max Maries Tür deutlich ins Schloss fallen hörten, sahen sie sich ratlos an. „Ob sie noch an die Uniform für mich denkt?", dachte Max laut und setzte sich den winselnden Captain Kirk auf den Schoß, der zuvor ununterbrochen von Rieke belästigt worden war.

Thommy drehte die Musik etwas leiser, um verdächtige Geräusche besser wahrzunehmen zu können. Die Zeit schien für die beiden sehr langsam zu vergehen, und Thommy schmiss den Grill an. Marie würde später sicher Hunger haben. Nachdem Captain Kirk mit Würstchen nicht mehr zu beruhigen war und inzwischen laut jaulte, beschlossen die beiden Männer den Hund schnell durch die Tür in Maries Zimmer zu schieben. Doch dazu kamen sie nicht mehr. Plötzlich erschien Marie im Garten mit leicht zerzausten Haaren. Sie schnappte sich das Bier von Thommy und ein Würstchen von Max

Teller und ließ sich erschöpft in den Stuhl fallen. Thommy und Max blickten Marie erwartungsvoll an.

„Was denn?", fragte Marie.

„Was war in dem Koffer? Spanne uns nicht auf die Folter?", gab Max aufgeregt von sich.

In dem Augenblick erschien Jenny mit schnellen trippelnden Schritten, aber bereits wieder adrett zurecht gemacht. Sie trug den Koffer in der einen Hand und griff mit der anderen nach der Leine. Max hatte Captain Kirk bereits startklar gemacht.

„Sorry Darling, ich muss meinen Flug noch bekommen, ich melde mich. Tschüss dann, ihr Süßen!", trällerte sie und verschwand, wie sie gekommen war.

„So, ich brauche jetzt etwas Schlaf. Aber vorher verrate ich euch noch den Inhalt des Koffers.", gab Marie etwas erschöpft von sich. „Es befand sich eine Flugkapitän-Uniform im Koffer. Sie bat mich diese zu tragen. Ich will hier nicht aus dem Nähkästchen plaudern, aber ich hatte noch nie so viele Starts und Landungen in so kurzer Zeit.", erklärte Marie und begab sich zufrieden mit einem weiteren Würstchen ins Haus.

Thommy und Max blieben mit ihrem Kopfkino im Garten zurück.

„Ich glaube, unsere mollige Heidi Klum hatte heute keine Uniform für dich!", zitierte Thommy etwas abgewandelt.

„Dann braucht sie hier auch nicht mehr zu erscheinen.", meckerte Max beleidigt.

„Das wird sie auch nicht, das habe ich im Gefühl. Das war so eine Art Flugente to go!", erwiderte Thommy zufrieden und griff genüsslich nach einem weiteren Bier.

Marie war also vermutlich immer noch, oder wieder solo. Thommy überlegte ob nicht unter Bettys vielen Freunden aus ihrem Kollegenkreis irgendeine nette, intellektuelle Frau vorhanden wäre, die zu Marie passen würde. Er nahm sich vor, beim nächsten gemeinsamen Kinoabend mit Betty und ihren Freunden mal etwas Ausschau zu halten. Am folgenden Abend traf er Marie gerade als diese zur Haustür reinkam als er sich auf den Weg machte, um Betty zum anstehenden Filmabend im Kino abzuholen. Er begrüßte sie überaus freundlich: „Sag mal Häschen, ich bin gerade auf dem Weg zum

Kinoabend mit meiner Holden. Soll ich mal unter deren Freundinnen nach einer interessanten, lieben Frau für dich ganz behutsam Ausschau halten?"

Marie stellte dazu eine einzige Frage: „Müsste ich mit der Maus dann auch solche sonderbaren, neuen, künstlerisch äußerst anspruchsvollen, dafür lahme und soziale sowie überaus gesellschaftskritische Filme anschauen und die im Anschluss auch noch in einer dieser hippen Intellektuellenkneipen ausführlich mit der Clique ausdiskutieren?"

Thommy antwortete ehrlich: „Vermutlich ja, aber dann wären wir zumindest schon mal zu zweit. Wenn dann die langen Diskussionen anfangen, könnten wir uns zusammen besaufen und unseren Spaß haben." „Ich weiß nicht, aber vielleicht wäre es das wert, wenn dabei eine ansonsten harmonische Partnerschaft herausspringen würde. Sieh dich doch nachher einfach mal unauffällig und unverbindlich um.", antwortete Marie nachdenklich.

Auf dem Weg zum Kino hatte Betty eine gute Nachricht für Thommy. Sie eröffnete ihm, dass er diesmal keinen modernen, intellektuell anspruchsvollen Problemwestern anschauen müsste, sondern eine Komödie ihren heutigen, gemeinsamen Kinoabend füllen würde. An der anschließenden Diskussion des filmischen Kunstwerks mit ihren Freunden würde er aber nicht vorbeikommen. Dafür könne er sich auf ein paar Diskussionsbierchen freuen, die er sich mit seinem Durchhalten verdienen würde. Thommy musste lachen, das fand er lieb von Betty. Damit wäre wohl allen Beteiligten geholfen. Trotzdem fragte er vorsichtig nach dem Titel des heute bevorstehenden, zweifelhaften Filmgenusses. Betty dachte kurz nach und teilte dann den Titel, mit einem verdächtig nach Deutschlehrerin klingenden Unterton, mit:

Unreife Kürbisse im Einwegglas – ein emanzipatorischer Kampf in den Appalachen.

Das konnte nichts Gutes bedeuten. Thommy wurde etwas flau im Magen. Das schrie nach Vorglühen an der Kinobar. Etwa drei Stunden später und mit der Erkenntnis einhergehend, dass offenbar wieder gerne kritische Filme in Überlänge, mit wenigstens 15 Minuten Pause zwischendurch produziert wurden, befand sich ein erkennbar über den Film irgendwie fast zu Tränen gerührter Thommy in einer Kreuzberger Intellektuellenkneipe, um mit Bettys Freunden den soeben erfolgten fraglichen Kunstgenuss zu diskutieren. Zu Tränen war er allerdings eher geneigt, weil er seiner vergeudeten Lebenszeit hinterhertrauerte und ihn selbst die 5 Biere während des langen Films nicht die aufkommende Langeweile über die gekünstelten Dialoge und der schleppenden Filmhandlung vertreiben konnten. Aber er nahm sich richtig zusammen und die anderen bemerkten den wirklichen Grund seiner feuchten Augen zum Glück auch nicht. Thommy hatte schließlich eine Mission zu erfüllen. Er wollte sehen, ob er in dieser Runde unter Bettys Freundinnen nicht wenigstens eine fand, die vielleicht als Partnerin zur Kandidatur bei Marie in Frage käme. Zwei der Frauen schieden sogleich aus, denn die waren offensichtlich in einer festen Beziehung. Sie waren mit ihren Partnern erschienen und bestehende Beziehungen waren sowohl für Thommy als auch für Marie heilig, da pfuschte man nicht dran rum. Das verlangte schon der Kreuzberger Ehrenkodex, der nicht kompliziert, aber in dieser Frage ganz eindeutig war. Von den beiden unbegleitet erschienenen Freundinnen von Betty fiel ihm Ines sofort auf. Sie wirkte sehr freundlich auf ihn und den Gesprächen der Clique untereinander entnahm Thommy, dass Ines im Moment ledig und früher schon sowohl mit Männern als auch etwas öfter mit Frauen Partnerschaften geführt hatte. Na bitte, dachte Thommy, Ines scheint sehr nett zu sein, steht Partnerschaften mit Frauen offen gegenüber, sieht auch ansprechend aus, vielleicht könnte er ja wirklich Marie mal mit Ines bekannt machen und dann würde man ja sehen was sich daraus entwickeln könnte. Aber zunächst musste Thommy erst mal durch den Diskussionsabend und dabei möglichst Ines zu einem Treffen mit Marie bewegen. Konversation war gefragt! Passenderweise eröffnete Ines auch die Diskussion, indem sie Thommy anblickte und ihn fragte, wie er denn den Film empfunden hat. Thommy versuchte es mal mit Humor und lobte als erstes die Pause zwischen den beiden Teilen des überlangen Films, die hätte es ihm nämlich ermöglicht, ein paar Biere wieder loszuwerden und einen Gin-Tonic an der Kinobar zu trinken.

Eigenartigerweise lachte niemand dabei, nur
Betty kniff die Augen etwas zusammen und sah
Thommy leicht verärgert an. In seiner etwas
unsensiblen Art dachte dieser dabei allerdings
nur, dass dies ihren Liedschatten interessant zur
Geltung brachte, was er ihr auch freudig
mitteilte, woraufhin sich eigenartigerweise
Bettys Augen noch einen Tick mehr verengten.
Friedhelm, einer der beiden begleitenden
Lebensgefährten von Bettys Freundinnen
versuchte die Situation zu retten, indem er seine
Interpretation des Filmthemas verkündete. Er
erklärte, ganz der Kunstlehrer, dass die beiden
um Emanzipation bemühten Frauen aus einer
Kleinstadt in den Appalachen, den Kürbis beim
Einkochen als unreife Frucht sozusagen als
Metapher ihres noch ganz unreifen, aber weiter
reifenden Emanzipationsbestrebens unbewusst
verwendeten. Dabei war es erforderlich die
übergroße, botanisch zu den Beerenfrüchten
zählende, Kürbisfrucht, die gleichzeitig den
erkennbar ebenso übergroßen, männlichen
Herrschaftsanspruch symbolisieren würde, zu
zerstückeln. Damit wäre symbolisch sowohl die
unreife Frucht, zerlegt und eingeweckt haltbar

gemacht worden, wie auch der männliche Herrschaftsanspruch erst gewaltsam zerlegt und anschließend klein verteilt, einer gesellschaftlich notwendigen Reifung zur Anerkennung eines gewissen Matriarchats zugeführt werden musste. Außerdem würde der unreife Kürbis natürlich durch die Haltbarmachung und durch das Einwecken auch genießbar gemacht werden und so die Transformation in der Beziehung der beiden Frauen untereinander symbolisieren.

Das bedächtige Schweigen der versammelten Kulturinteressierten am Tisch wurde jäh durch einen Rülpser von Thommy unterbrochen, der dies mit einem fröhlichen Grinsen auf das inzwischen siebte Bier zurückführte. Ines blickte Thommy etwas vorwurfsvoll an, während Bettys Wangen sich vor Ärger röteten, was ihr nach Thommys Empfinden ebenfalls gutstand. Kurz nachdem er dies auch ausgesprochen hatte, bemerkte er sowohl an Bettys und auch an Ines Blick, dass dies offenbar unpassend gewesen war. Ihm war bewusst, dass er die nächste Gelegenheit, die sich bieten würde, nutzen musste, um das Ruder nochmal rumzureißen.

Ansonsten würde wohl Ines niemals sein kleines Gartenhäuschen betreten wollen um seine Mitbewohnerin Marie kennenzulernen und Betty würde vermutlich zur Strafe die abendlichen Kontaktstunden ihrer Beziehung sehr einschränken für eine der Schwere seiner heutigen Verfehlungen angemessenen Zeitraum. Beides hätte er gerne lieber abgewendet. Die Möglichkeit dazu bot sich ihm auch sogleich auf einem Silbertablett. Friedhelm, in seiner gutmütigen Art, startete einen neuen Versuch die Situation zu retten. Er fragte Thommy einfach direkt, wie dieser denn das Thema des Films empfunden hätte.

Thommy setzte alles auf eine Karte, nämlich Humor. Über irgendetwas müssten doch auch die Freunde von Betty lachen, jenseits ihrer übertriebenen, intellektuellen Diskussionen. Er machte eine künstliche Pause, holte tief Luft und platzte überlaut mit den Worten heraus: „Mäßig, ich empfand den Film mehr als mäßig, keine Fickszenen und nicht mal eine einzige Filmleiche. Langweilig und wirklich ohne jede interessante Handlung, lustlos gespielt von zu Recht völlig unbekannten Schauspielern, mit gekünstelten Dialogen die sich an keinem mir bekannten, modernem Sprachverhalten orientieren."

An dieser Stelle wollte Thommy eigentlich grinsen, um die Schärfe aus seiner Beurteilung zu nehmen und zu verdeutlichen, dass diese keinesfalls böse gemeint sei. Allerdings kam er dazu nicht mehr, weil er unwillkürlich die Stirn in Falten legen musste und die Mundwinkel etwas herunterzog, als er einen mächtigen, offenbar vom Absatz eines Frauenschuhs, oder genauer gesagt von Bettys Pumpsabsatz verursachten, Tritt gegen sein Schienbein unter dem Tisch verspürte. Betty blickte unschuldig drein und ihr Blick signalisierte Thommy er habe jetzt besser zu schweigen. Das tat er lieber auch und dachte trotzig, es wäre doch typisch, im Kino zieht die gewohnheitsmäßig ihre Pumps aus, aber beim Treten unter dem Tisch hat sie die natürlich an.

Ines sah ebenfalls erschrocken zu Thommy und sagte in seine Richtung: „Vielleicht solltest du lieber andere Filme gucken als wir. Unser Anspruch unterscheidet sich wohl zu sehr von dem Deinen."

Das war deutlich. Das hatte er also gleich mit versaut. Sicher würde Ines niemanden mehr aus seinem Freundeskreis noch irgendwann treffen wollen, sicher auch nicht mehr seine liebe, daran völlig unschuldige Mitbewohnerin Marie. Und die Heimfahrt mit Betty würde auch sicher anstrengend werden, nachdem der Rest des Abends einen eher gequälten, schleppenden Verlauf genommen hatte. Betty fuhr, weswegen er gezwungen war in ihr Auto einzusteigen. Die Tür war noch nicht ganz geschlossen als Betty anfing ihm Vorwürfe zu machen.

Betty hatte sich, ganz Lehrerin, schon eine Ansprache zurechtgelegt: „Sag mal hast du das ernst gemeint? Hast du nichts Besseres zu tun als mich vor meinen Freunden zu blamieren, indem du den Kreuzberger Hinterhofproleten heraushängen lassen musst? Das hast du doch mit Absicht gemacht, um mich für die Filmauswahl zu bestrafen, oder?"

Thommy schwante ein längerer Verlust der regelmäßigen Kontaktstunden mit Betty, glaubte nichts mehr zu verlieren zu haben und traute sich deshalb zu antworten: „Und warum glaubst du dann mich mit schwachsinnigen, schlechten, pseudointellektuellen Filmen, für was auch immer, bestrafen zu müssen? Ich hätte wirklich interessantere und vor allem angenehmere Ideen zur Freizeitgestaltung!"

Das Auto bremste abrupt ab. Betty hielt am Fahrbahnrand vom Kottbusser Damm, ein paar hundert Meter vor dem heimatlichen Paul-Lincke Ufer an. Sie kochte förmlich vor Wut und zischte: „Dann steig doch einfach aus und tue dir keinen Zwang an. Du kannst jetzt gerne deiner interessanteren Freizeitgestaltung nachgehen."

Thommy stieg wie befohlen aus. An der offenen Beifahrertür wandte er sich noch einmal an Betty: „Ich nehme an du kommst dann heute nicht mehr mit zu mir nach Hause?"

Zur Antwort schmiss Betty ihm seine Jacke aus dem Auto hinterher auf die Straße. Thommy hob die Jacke auf, klopfte ein paar welke Blätter davon ab, sah Betty an und fragte leise: „Darf ich noch kurz etwas fragen, bevor du losfährst?"
Betty wurde erst jetzt die heikle Situation bewusst, die sich aus einem eigentlich harmlosen Streit über einen Film so sonderbar entwickelt hatte und glaubte fest, Thommy

müsse das inzwischen auch eingesehen haben und wolle sich jetzt sicherlich entschuldigen.

Also sagte sie, nur noch leicht schmollend, aber deutlich ruhiger: „Ja bitte, ich glaube das wäre jetzt an der Zeit."

Thommy sah Betty an und fragte: „Hältst du es trotzdem für möglich, dass ich Ines mal fragen könnte, ob die sich mal mit Marie treffen wollen würde?"

Zur Antwort flog ihm jetzt ein Pump von Betty aus dem Auto an den Kopf. Gerade als Betty schreiend aus dem Auto steigen wollte, bemerkten beide den hinter Bettys Auto stehenden Streifenwagen der Kreuzberger Polizei. Betty bekam ihre Fahrertür gar nicht erst aufgemacht, weil einer der Polizisten bereits sehr professionell direkt vor der Fahrertür stand und mit seinem Körper ein Öffnen und jähes Hinausstürmen der verärgerten, schreienden Fahrzeugführerin damit sehr effektiv und gewaltfrei verhinderte.

„Nein, also meine Beste, mit dem Werfen von Stöckelschuhen an fremde Köpfe kommen wir aber ganz schnell in den Bereich einer echten gefährlichen Körperverletzung. Da wollen wir mal hoffen, dass dem Herrn nichts passiert ist und er nicht auf eine Anzeige besteht.", sprach er die verdutzte Betty an.

Thommy kam die Stimme bereits sehr vertraut vor und diesmal wollte er seinem persönlichen Polizisten einmal zuvorkommen mit dem bereits obligatorischen Begrüßungsworten: „Ach, ihr schon wieder! Was bin ich froh euch hier jetzt zu sehen, aber mir reicht es schon, wenn ihr sie davon abhalten könntet auch noch ihren anderen Schuh nach mir zu werfen. Ich will auch nichts anzeigen, wird sicher nur eine ganz kleine Beule diesmal."

Der Polizist wandte sich erst an Betty mit den Worten: „Na da haben sie aber Glück gehabt. Es kommt zu keiner Anzeige. Fahren sie mal ganz schnell weiter, dann wollen wir es hier mal gut sein lassen."

Dann wandte er sich an Thommy: „Jetzt mal ehrlich mein Guter, wie gerätst du eigentlich immer an derart aufbrausende Frauen? So langsam müssen wir echt mal überlegen, wie wir das ändern können. Ordentlich einen gebechert hast du ja auch noch! Steig in unseren Wagen, du wohnst ja um die Ecke, wir bringen dich nach

Hause. Rufst du deine Mitbewohnerin an? Die soll schon mal Kaffee für uns fertig machen. Wir bleiben noch kurz bei euch, falls die Werte hier meint noch mal vor deiner Tür randalieren zu müssen."

Thommy grinste seinen offenbar fast schon persönlichen Schutzmann an und stieg in dessen Wagen. Betty schrie ihn noch an, dass sie ihn niemals wieder sehen wolle und fuhr mit quietschenden Reifen an und machte sich über die Kottbusser Brücke aus dem Staub. Der Polizist bückte sich auf der Straße, hob etwas auf und drückte Thommy den Schuh in die Hand: „Hier, kannst du behalten, ein Andenken, hat sie ja weggeworfen und braucht den offenbar nicht."

Kurz darauf kamen sie alle bei Marie im Gartenhäuschen an. Vier Pötte frischen Kaffees standen schon bereit als Thommy mit dem Damenschuh in der Hand und den beiden Polizisten im Schlepptau ankam. Sie setzten sich an den Wohnzimmertisch, der Polizist stellte sich kurz als Klausi vor, denn inzwischen waren sie ja schon fast sowas wie Bekannte und fragte Thommy, ob er Marie die Geschichte erzählen sollte oder Thommy das lieber selbst machen wolle. Alle lachten, als Thommy aufstand, die Schuhtrophäe auf das Regal, neben das Bild von Lavinas schlagkräftiger Mutter und der Reitgerte von Moni stellte.

„Wie du siehst bin ich auch wieder Single.", eröffnete Thommy seinen folgenden Bericht. Marie drückte ihn kurz. Die Polizisten und Thommy erzählten Marie von den sonderbaren Umständen der soeben erfolgten Trennung.

Als Klausi und sein Kollege ein paar Pötte Kaffee getrunken hatten und sich zu ihrem Streifenwagen gehend verabschiedeten, nahm Marie Thommy an die Hand, schlenderte mit ihm zur Couch und fragte: „Netflix? Zombifilm, oder sonstiger Horrorstreifen? Absacker Gin-Tonic?"

Thommy antwortete zufrieden: „Ja, ja und ja natürlich."

Mehr Worte brauchte es manchmal nicht zwischen den Beiden, um sich zu verstehen.

Einmal wurde Thommy aber doch noch von Betty verfolgt, ohne dass sie persönlich überhaupt irgendetwas dazu beitrug. Der Abend nach der Trennung von Betty, bei einer Staffel Zombifilmen auf Netflix, mit Marie und Gin-Tonic, sollte unangenehme Folgen haben. Thommy träumte ein letztes Mal von Betty und es wurde ein Alptraum. Im Traum erschien ihm Betty und zwang ihn mit ihr ins Kino zu gehen, um einen weiteren neuen, zeitgenössischen, sozialkritischen Film anzuschauen.

Der Titel des sechsstündigen Films lautete: *Zwiespältige Tomaten zwischen grün und rot.*

Er war das neueste Werk des politischen Filmemachers Noah Fürchtegott Hinternlahm. Allein das Filmplakat machte Thommy Angst und er wachte schreiend auf. Marie stand schon neben seinem Bett und beruhigte ihn: "Alles gut, keine Angst, du hast im Schlaf gesprochen. Du träumtest von einem furchtbaren Film und du hast geschrien, dass würdest du nicht ertragen wollen und Betty soll dich aus dem Kino lassen. Das war nur ein Alptraum. Du musst nie mehr langweilige Problemfilme anschauen. Betty ist weg und ich bin da und passe auf."
Ganz langsam verblasste das Traumbild vom Filmplakat.

Noah Fürchtegott Hinternlahm
Zwiespältige Tomaten zwischen grün und rot

In die kleine WG kam endlich mal, seit langem, wieder Ruhe, zumindest kurzfristig. Marie hatte Thommy versprochen, die Dating-Portale so bald nicht mehr zu nutzen und dieser versprach Marie im Gegenzug vorerst lieber keine Ex-Freundinnen mehr zu kontaktieren.

Max wollte auch etwas beitragen und schwor, dass er keine Lehrerinnen, also Kolleginnen, zu sich in den Stall einladen werde, erst recht nicht, wenn diese gerne ins Kino gingen. Schließlich wollte er Thommy kein Déjà Vu bescheren. Um Max Kontaktfreudigkeit in Bezug auf neue Traumprinzen brauchten sich Thommy und Marie keine Gedanken machen. Der Ärmste verarbeitete immer noch seine letzte Beziehung, bei der er so böse betrogen worden war. Aber Max hatte ein neues Hobby. Auf einem nahen Flohmarkt erwarb er für wenig Geld eine noch gut erhaltene Nähmaschine. Das fanden Marie und Thommy sehr praktisch, denn mit dem Nähen hatten sie es beide nicht so. Max rettete so das eine oder andere Kleidungsstück von den beiden, welches ohne ihn und seine neuentdeckten Nähkünste, wahrscheinlich im Müll gelandet wäre. Max hatte dafür wirklich Talent.

Einmal die Woche gab es einen von Marie inzwischen eingeführten Haushaltstag. Dieser wurde vorher abgesprochen, und da gab es auch für keinen Bewohner ein Entkommen, außer man wäre vielleicht ein Hund und könnte so unschuldig gucken wie Rieke. Beim Staubsaugen fand Marie plötzlich das Stewardess-Halstuch von Jenny unter dem Bett. Komisch, die hatte sie schon wieder ganz vergessen. Da aber von Jenny auch nie eine Reaktion nach ihrem Abflug kam, war es wohl für beide so völlig in Ordnung gewesen.

Marie nahm das Tuch an sich und ging zügig ins Wohnzimmer, in dem Thommy gerade liebevoll den großen Fernseher abstaubte. „Sieh mal, das habe ich eben unter dem Bett gefunden.", rief Marie und wedelte frech mit dem Fundstück der Woche umher.

„Ist das etwa das Halstuch der Flugente? Verpass ihm einen flotten Knoten und dann ab in unser Regal damit, neben die anderen netten Erinnerungsstücke.", lachte Thommy.

Gesagt getan. „Wenn wir uns nicht bessern, brauchen wir zeitnah ein größeres Regal.", gab Marie ebenfalls lachend zu bedenken.

Im Anschluss entschied Marie noch zum Markt am Maybachufer zu laufen, um frisches Obst und Gemüse zu besorgen. Beim Raustreten in den Garten überlegte sie Max zu fragen, ob er mitkommen möchte, aber aus dem ehemaligen umgebauten Stall ertönte schon wieder das Geräusch der Nähmaschine. Marie war sich sicher, dass er an einer Stewardess-Uniform arbeitete, dabei wollte sie ihn auf keinen Fall stören. So ging sie allein los. Das Wetter war herrlich, also ideal für einen Gang über den Markt. Beim Vorbeischlendern an den vielen Marktständen fiel ein Apfel von einer Auslage auf den Boden und kullerte direkt in Richtung Marie. Sie bückte sich zum Apfel und wollte diesen gerade aufheben, als eine weitere Hand plötzlich vor ihr nach dem Obst griff. Marie schaute auf und wollte schon wieder einen ihrer frechen Sprüche von sich geben, als sie in zwei große braune Augen blickte. War das ein Blick! Marie war sprachlos, etwas, was nicht so oft vorkam.

„Da hatten wir wohl beide den gleichen Impuls."

, sprach der Mund, der zu den Augen gehörte. Marie überlegte, was sie Charmantes entgegnen könnte, ohne verwirrt oder distanzlos zu wirken. Die attraktive Frau mit den schnellen Reflexen gefiel ihr sofort, vom ersten Eindruck her, ausgesprochen gut.

„Du hast jedenfalls das Rennen um den Apfel gewonnen.", gab Marie zurück.

„Und was habe ich nun gewonnen?", fragte sie ihr Gegenüber und legte das Obst zurück auf die Auslage.

„Du kannst wählen zwischen einer Tüte Äpfel für dich allein oder einem Kaffeekränzchen mit mir zusammen.", erwiderte Marie und versuchte unschuldig auszusehen.

„Ich würde mich für das Kränzchen entscheiden, denn ich liebe Kaffee. Da ich aber nicht mit Fremden mitgehe, sollten wir uns vorher aber vielleicht miteinander bekannt machen. Mein Name ist Nicolette.", stellte sie sich mit einem erfrischenden Lachen vor.

Maries Herz schlug nun noch etwas schneller und nachdem auch sie sich vorgestellt hatte, liefen beide zu einem nahgelegenen Café. Es war ein angenehmes Kennenlernen. Das Eis war schnell gebrochen zwischen den beiden Frauen, und sie tauschten ihre Telefonnummern aus, bevor sich ihre Wege wieder trennten. Nicolette hatte noch einen Termin und schien etwas unter Zeitdruck zu stehen als sie bemerkte, wie spät es inzwischen geworden war. Marie lief beschwingt nach Hause.

Dort wurde sie schon von Thommy erwartet: „Wo warst du denn so lange? Wolltest du nicht nur kurz rüber zum Markt? Und wo sind denn überhaupt die Einkäufe? Du wolltest doch frisches Grünzeug holen!"

Marie schlug sich mit der flachen Hand vor die Stirn. Die Einkäufe! Die hatte sie ja beim Flirten völlig vergessen.

„Sorry mein Hase, ich habe auf dem Markt eine tolle Frau kennengelernt und war mit ihr einen Kaffee trinken. Dadurch vergaß ich wirklich alles andere.", entschuldigte sich Marie.

„Na, die muss ja echt der Hammer sein, wenn du zuverlässiges Geschöpf alles andere dadurch vergessen hast. Los, erzähle mal von eurer Begegnung!", forderte Thommy Marie auf.

Marie atmete erleichtert aus. Thommy war nicht sauer. Sie hätte ihn knuddeln können für seine unkomplizierte Art. Also nahmen sie sich zwei Bierchen, gingen in den Garten und ließen sich in die bequemen Stühle fallen. Marie wollte gerade mit ihrem Bericht beginnen, als die neue Stalltür nebenan aufflog und Max im Stewardess Outfit erschien…mit passendem Halstuch und Hütchen. Thommy schaute überrascht und rieb sich die Augen, Marie fühlte sich in ihrer Ahnung bestätigt.

„Sehr hübsch, aber meinst du echt, dass die Dr. Martens das richtige Schuhwerk zum Rock sind?", fragte Marie.

Thommy trank sein Bier auf ex, 100 lebendige Kilos im engen Kostüm mit den doch leicht robusten Stiefeln musste er erst einmal verarbeiten. Max ließ sich nicht beirren und stolzierte im Hof hin und her.

„Jetzt setze dich endlich, du machst einen ja ganz nervös, ich hole dir auch ein Piccolöchen", platzte es aus Thommy raus, der seine Stimme endlich wieder gefunden hatte.

„Prima, was gibt es zu essen?", fragte die dralle, männliche Stewardess.

Marie beichtete, dass sie die Einkäufe vergessen habe, da sie eine Frau auf dem Markt kennen gelernt hatte. Max bestellte daraufhin schnell telefonisch drei Pizzen und verlangte nun ebenfalls einen Bericht über Maries Nachmittag. Bei Pizza und Chardonnay erzählte Marie von ihrer Begegnung und was sie bisher von dieser Nicolette wusste. Marie fand es passend, dass sie beide im ähnlichen Alter waren und beide erwachsene Töchter hatten.

„Wann seht ihr euch wieder?", fragte Max kauend.

„Was macht die Perle beruflich?", wollte Thommy wissen.

Marie erklärte, dass sie auf eine Reaktion von Nicolette warten werde, denn diese schien durch ihren Job als Eventmanagerin zeitlich sehr eingespannt zu sein. Thommy fand es praktisch, dass Nicolette beruflich bedingt Marie dadurch viel freie Zeit ermöglichen würde. Max hingegen war etwas enttäuscht, dass Eventmanagerinnen während der Arbeit keine Uniformen oder so etwas wie Kostüme tragen, das hätte ihn doch künstlerisch inspirieren können. Thommy und Marie sahen sich an und dachten beide, dass sich Max mal wieder dringend verlieben müsste. Darauf angesprochen, lehnte dieser aber recht energisch ab. Er habe ja jetzt schließlich eine neue Liebe, seine gute alte Singer. Da könne er so richtig die Zeit vergessen. Apropos Zeit, Max sprang plötzlich auf, faselte irgendwas von Korrektur der Deutschtests und verschwand in seinem Stall.

Als Marie endlich im Bett lag, erhielt sie eine Nachricht auf ihrem Handy von Nicolette. Diese schlug am nächsten Abend ein Treffen in Sallys gemütlicher Kneipe im Vorderhaus vor. Marie sagte erfreut zu und schlief zufrieden ein.

Die beiden trafen sich fortan immer, wenn es ihr Zeitplan zuließ. Marie war glücklich, Nicolette durch einen fallenden Apfel gefunden zu haben. Gleichzeitig ließen sich beide aber den nötigen Freiraum, den Marie auch unbedingt für sich und ihre Freunde brauchte. Max und Thommy kamen gut mit ihr aus. Alles schien dieses Mal perfekt zu sein. Aber eine Frage bohrte sich über die ersten Wochen doch immer tiefer in ihre Gedanken, und wollte auch bald beantwortet werden. Warum trafen sie sich immer bei Marie in Kreuzberg und nie bei Nicolette in Pankow? Anfangs erklärte Nicolette diesen Umstand noch mit den vielen unterschiedlichen beruflichen Locations, weshalb sie sowieso immer im ganzen Stadtgebiet unterwegs sei. Da könne sie dann auch immer ohne Umweg leicht nach Kreuzberg vorbeikommen.

Eines Abends in der Küche sprachen Thommy und Marie über diesen Umstand. Thommy meinte amüsiert, dass ihm Nicolette immer noch viel lieber wäre, als Lavina mit ihrer brutalen, temperamentvollen Mutter, auch wenn es dieses Mal das andere Extrem wäre.

„Ich finde es schön, dass du trotz Beziehung viel Zeit mit mir verbringst, aber hast du vielleicht mal in Betracht gezogen, dass sie in irgendeiner Weise liiert ist und deshalb eure gelegentlichen Übernachtungen hier stattfinden?", gab er zu bedenken.

Marie warf ein, dass ihr dieser Gedanke auch schon kam. Auf ihr Bauchgefühl konnte sie sich eigentlich immer verlassen. Irgendetwas verheimlichte Nicolette. Auch legte sie ihr Handy immer mit dem Display nach unten ab. Marie nahm sich vor, diese Ungewissheit unbedingt zu beseitigen und mit Nicolette darüber zu reden. Beim nächsten Treffen, einem Spaziergang im Britzer Garten, wirkte Nicolette bedrückt. Marie, war auf alles gefasst. Auf fast alles.

„Was ist los? Willst du mir etwas mitteilen?",

fragte Marie angespannt.

„Ja, unbedingt! Da es mir mit dir ernst ist, muss ich dir etwas erklären. Ich habe nicht nur eine erwachsene Tochter, ich habe mehrere Kinder.", gab Nicolette mit leiser Stimme von sich.

„Ach, wie viele Kinder hast du denn wirklich? Zwei, drei?", erwiderte Marie und war schon etwas erleichtert.

„Nein, ich habe sieben Kinder, drei Erwachsene und vier Minderjährige.", erklärte sie.

Marie musste schlucken. Mit fast allem hatte sie gerechnet, aber nicht damit.

„Und wie schaffst du es deinen Beruf und die Erziehung der Kinder zu kombinieren?", wollte Marie wissen.

„Gar nicht! Ich bin nicht berufstätig. Mein damaliger Mann wollte nicht, dass ich arbeiten gehe. Ich sollte mich um die Kinder und den Haushalt kümmern. Ich war damit eigentlich auch nicht einverstanden, aber nach der dritten Geburt sah ich dann keine Alternative mehr. Sicher fragst du dich, warum es sieben wurden. Nun, er wollte immer eine Tochter und erst das Siebte wurde ein Mädchen.", erläuterte Nicolette.

Es folgten noch einige Fragen und Antworten, und anschließend fuhr jede zu sich nach Hause. Marie musste das erst einmal verarbeiten und hoffte inständig, dass Thommy da wäre.

Das war er zum Glück auch. Der Gute war am Kuchen backen. Als Marie ins Haus kam, schlug ihr bereits der leckere Geruch entgegen.

Thommy sah Marie beim Betreten der Küche sofort an, dass es Gesprächsbedarf gab. Er machte für beide einen Kaffee und setzten sich zu Marie an den Küchentisch, die ihm dann alle Neuigkeiten berichtete.

„Wie soll ich denn mit der neuen Situation umgehen?", fragte Marie ratlos.

Thommy schlug vor, den Optimismus nicht zu verlieren und die Vorteile aus diesen Umständen hervorzuheben. Bevor Marie etwas sagen konnte, erläuterte er seine Aussage. Als Vorteil benannte er den Freiraum, den Marie weiterhin genießen könnte, trotz dieser Beziehung. Wenn Schneewittchen und ihre sieben Zwerge also nicht ständig im Gartenhaus erscheinen würden, sondern sie weiter wie bisher immer mal allein zur Freizeitgestaltung vorbeikäme, wäre es doch nicht übel. Thommy riet Marie zum Motto:

Genießen und nichts unterschreiben!

Das klang schon wieder lustig, und sie mussten beide darüber lachen. Marie entschied sich, alles in Ruhe auf sich zukommen zu lassen. Bestimmt hatte Thommy Recht.

In den nächsten Wochen lief eigentlich alles wie vorher mit den gemeinsamen Treffen, nur viel offener, weil es keine Geheimnisse mehr gab und auch keine verstohlenen Blicke aufs Handy mehr nötig waren. Nicolette kam vorbei, wenn sie ihre Kinder versorgt wusste und konnte in Ruhe telefonisch nötige Absprachen treffen.

Eines schönen Tages, Marie und Max lackierten sich im Garten gerade gegenseitig die Fußnägel, rief Nicolette an und teilte mit, dass sie ihre vierjährige Tochter Ronja nicht unterbringen konnte und nun zum Übernachten mitbringen würde, sie wäre auch bereits auf dem Weg nach Kreuzberg. Marie fühlte sich leicht überrumpelt, spielte in Gedanken aber die Situation durch.

„Max, hast du noch dein Einhornkostüm?", frage sie beiläufig.

„Klar doch, was steht an?", wollte dieser wissen. Marie erklärte, dass sie gleich Kinderbesuch erwarte. In diesem Augenblick trat Thommy in den Garten und blicke kopfschüttelnd auf die blauen Fußnägel seiner Freunde.

„Ist euch etwa ein LKW im verkehrsberuhigten Bereich über die Füße gefahren?", lachte er.

„Ey, wir können das sehr gut tragen!", protestierte Max. „Und überhaupt wird dir gleich das Lachen vergehen. Nicolette bringt heute nämlich ihren jüngsten Spross mit!", erklärte Max mit einem dicken Grinsen im Gesicht.

Thommy horchte auf. „Wie bitte? So war aber nicht unser Plan!", wandte er sich an Marie. Die erklärte ihm, dass sie soeben auch etwas überrumpelt wurde, aber zusammen mit Max würden sie das Kind sprichwörtlich schon schaukeln. Nicolette erschien wenig später mit Ronja im Garten, einem entzückenden Kind mit roten Haaren und unendlich vielen, lustigen Sommersprossen im rosigen Gesicht. Max trat aus seinem Stall im Einhornkostüm und mit Gitarre.

„Das glaube ich jetzt nicht!", stöhnte Thommy.

„Du spielst ein Instrument?", lachte Marie.

„Klar, ich habe viele Talente!", erwiderte Max und zwinkerte Ronja zu.

Die Kleine war vom dicken Einhorn begeistert. Alle anderen Anwesenden waren für sie sofort uninteressant. Max fragte Ronja, ob sie denn zusammen etwas singen wollen. Thommy gab schnell zu bedenken, dass die Nachbarschaft diese Idee vielleicht wenig attraktiv fände. Also nahm Max Ronja mit zu sich in den Stall. Trotz geschlossener Fenster und Türen war ein etwas robustes „Hänschen klein, ging allein in die weite Welt hinein…" nicht zu überhören. Ronja sang voller Inbrunst, nicht sehr schön aber dafür äußerst laut. Der Klang der Gitarre erschien dagegen sehr dezent.

„Ich brauche einen Gin-Tonic! Wer noch?", fragte Thommy.

Alle Hände gingen rasch nach oben.

„Euer Max ist unbezahlbar!", meinte Nicolette anerkennend.

„Absolut, den geben wir auch nicht mehr her!", bestätigten Thommy und Marie gleichzeitig.

Alle mussten lachen und stießen auf einen gemütlichen Abend an. Später trat Max mit der schlafenden Ronja auf dem Arm dazu. Nachdem die Kleine in Maries Bett gelegt wurde, aktivierte Thommy den Grill. Max hatte sich ein paar

Würstchen verdient, denn Singen macht richtig hungrig, auch wenn Max sowieso immer einen gesunden Appetit hatte, egal ob er gerade gesungen hatte oder nicht. Aber füllig kannten sie ihn und füllig wollten sie ihr kleines Einhorn auch behalten. Wer mag schon dürre Einhörner?

Trotz des anstrengenden Familienbesuches, der anschließenden Grillparty bei Nacht mit Max und Marie, zu der natürlich auch noch Alex mit Familie rüberkam, saß Thommy nachmittags frisch geduscht und ausgeschlafen zu einem zweiten Frühstück in der gemeinsamen Küche. Marie hatte Brötchen und Kuchen besorgt und servierte herrlich duftenden Kaffee.
„Du bist ja so aufmerksam, ist alles in Ordnung?", fragte Thommy.
„Alles gut! Ich bin nur so zufrieden, dass die Jungs in blau dich hier schon so oft gesund abgeliefert haben. In Berliner Nächten hilflos durch die Straßen irren, kann auch böse enden, wenn man den Falschen begegnet.", gab Marie erleichtert von sich.
Thommy fragte sich warum Marie gerade jetzt dieses Thema anschnitt und überlegte ob

irgendwas tief in ihr drinnen, an ihr nagte.

Plötzlich klingelte es an der Tür.

„Kann man denn nicht mal in Ruhe nachmittags frühstücken?", kicherte Thommy augenzwinkernd.

Marie stand auf, um nachzusehen, wer es wagte zu stören. Vor dem Gartenhäuschen stand Nicolette.

„Waren wir verabredet?", wunderte sich Marie.

„Entschuldige bitte den Überfall, aber es hat sich etwas ereignet, was ich jetzt unbedingt mit dir besprechen möchte.", erwiderte Nicolette.

„Ok, komm rein, wir frühstücken gerade. Thommy hatte wieder mal so eine Art Nachtschicht.", erklärte Marie.

Nachdem sich Nicolette und Thommy begrüßt hatten, gingen die beiden Frauen in Maries Zimmer. Es wurde kein recht langer Besuch. Ungefähr eine halbe Stunde später verließ Nicolette grußlos und flotten Schrittes das Gartenhäuschen.

„Das war ja wirklich ein sehr kurzer Besuch.", kommentierte Thommy den Abgang.

Marie setzte sich wieder an den Küchentisch, allerdings mit einem Stöhnen und einer Flasche

Rum. Sie goss sich einen kleinen Schluck in den Kaffee.

Thommy musterte sie: „Pharisäer, jetzt zum Frühstück?"

„Wenn das Frühstück um 16 Uhr eingenommen wird und man unverhofft wieder Single ist, geht das schon mal.", kam die Antwort unverzüglich.

„Du kleiner Frauenschreck, was hast du denn jetzt schon wieder angestellt?", wollte Thommy wissen.

Marie griff nach einem dicken Stück Kuchen, biss genussvoll hinein und verdrehte entzückt die Augen beim Kauen.

„Nicolette wollte mit mir nach Paris ziehen. Sie hat dort Verwandte, die ihr mit den Kindern helfen und einen Job in Aussicht. Ihr Entschluss stand bereits fest, als sie hierherkam, um davon zu berichten. Aber mein Entschluss steht auch fest. Ich werde bis auf Weiteres an unserer WG mit dem großartigen Umfeld festhalten. Ich fühle mich hier sehr wohl, habe eine vernünftige Arbeit und davon mal abgesehen, bin ich in dieser Beziehung auch nie so hundertprozentig angekommen.", erklärte Marie.

Nun griff auch Thommy nach dem Rum,

ergänzte seinen Kaffee mit einem ganz kleinen Schluck und erhob seine Tasse feierlich zum Anstoßen. Porzellan stieß aneinander und beide sahen sich grinsend über ihre Kaffeetassen hinweg an.

„Haben wir ein Souvenir von ihr für unser Regal?", fragte Thommy.

Marie überlegte kurz, lief in ihr Zimmer und kam zurück mit einer leicht verbogenen Sonnenbrille. Max hatte sich mal versehentlich draufgesetzt.

„Perfekt!", urteilte Thommy und schnitt sich noch ein Brötchen auf.

Kapitel 3

Der erste Jahrestag

Eine ereignisreiche Zeit lag hinter Marie und Thommy. Beide hatten eine Trennung von langjährigen Lebensgefährten hinter sich, dabei hatte einer seinen gesamten Hausstand und eine ihre Wohnung verloren. Beide haben sich zusammengetan, sich zusammengerauft und ihre kleine Wohngemeinschaft gegründet. Beide haben neue Partnerschaften, manchmal solche der dritten Art hinter sich gebracht und diese immer irgendwie erfolgreich, ohne ihren Humor dabei zu verlieren und mit Unterstützung des Anderen, wieder beendet. Kurz, das Leben der Beiden pendelte sich langsam über die Monate ein. Marie widmete sich einem neuen Hobby, der Bleiverglasung und dekorierte damit nach und nach die Glasbereiche der Eingangstür und der Zimmertüren. Thommy konnte so viel Fleiß und konzentrierter Arbeit nicht ohne schlechtem Gewissen zusehen, und traf sich daher ein wenig öfter mit seinen Freunden des regionalen Stammtisches seines sonderbaren, aber lustigen Heidenvereins. Natürlich wurde dabei auch gerne das ein oder andere Bier getrunken und manchmal nutzte er es auch aus, dass er inzwischen wieder Single war und ungestraft über die Stränge schlagen durfte. Als verantwortlicher Autofahrer hatte er nach dem Besuch eines dieser Stammtische natürlich sein Auto vor der Stammkneipe des Vereins in Berlin-Buch stehen lassen und die Heimfahrt als wahre Odyssee durch den berüchtigten Berliner öffentlichen Personennahverkehr am S-Bahnhof Berlin-Buch gestartet. Nach mehrmaligem Umsteigen in andere S-Bahnlinien und dem letzten Umsteigen in die U-Bahnlinie 8 wähnte sich Thommy schon fast wieder zu Hause. Unterwegs hatte er wieder viele, den Berliner Nahverkehr bevölkernde, unterhaltsame Sonderlinge kennengelernt. Gleich im S-Bahnhof Berlin-Buch gelang es ihm, nicht ohne Stolz, dem im Strahl kotzenden Typen und vor allem dessen im Schwall bis zur Bahnsteigkante spritzenden Erbrochenen auszuweichen. Der arme Typ hatte wohl irgendwo noch viel mehr gebechert als Thommy und gestaltete nunmehr unfreiwillig den Bahnsteig zu einem eher abstrakten

Gesamtkunstwerk um. Auf der Fahrt stiegen diesmal nicht nur die üblichen Zettelverteiler, Zeitungsverkäufer und um Spenden bittenden Leute für einige Stationen dazu, sondern auch ein besonderer Spaßvogel, der äußerst bemerkenswert war. Die S-Bahntür ging auf und ein etwa 25-jähriger Mann stieg ein, stellte sich in die Mitte des Wagons und fing an laut seinen Spruch aufzusagen:

„Liebe Fahrgäste, werte Damen, Herren und Diverse, ich bitte kurz um ihre Aufmerksamkeit. Ich bin nicht obdachlos, habe ein regelmäßiges, ausreichendes Einkommen und befinde mich nicht in einer Notlage. Ich nehme auch keine Drogen und halte meinen Alkoholkonsum auch in überschaubare Grenzen. Deshalb habe ich auch nichts, noch nicht einmal Zeitungen dabei, die ich ihnen zum Verkauf anbieten möchte. Ich werde auch nicht laut, irgendwelche schräge Musik abspielen oder selbst machen um danach um eine kleine Spende zu bitten. Ich danke ihnen für ihre Aufmerksamkeit und wünsche ihnen noch einen angenehmen Tag."

Er grinste, setzte sich hin und genoss den Beifall der sichtlich amüsierten Fahrgäste, die diese humorvolle Unterhaltung sichtlich genossen hatten. Das gibt`s nur in Berlin, dachte Thommy. Kurz darauf stieg dann ein verhinderter Musikant ein, stellte ein Tonabspielgerät in den Gang, ließ daraus in einer unangenehmen Lautstärke ein Musikstück abspielen und untermalte dies durch die unmusikalischste Violinendarbietung, der sich Thommy jemals ausgesetzt sah. Vielleicht lag es auch an seinem inzwischen schwerer werdenden Kopf, denn auch bei ihm machte sich langsam der Alkohol bemerkbar. Thommy wechselte den Wagon und verpasste dabei nebenan gerade den Verkäufer irgendeiner Zeitung, der dort lauthals sein Produkt beworben hatte, aber den Wagon gerade ebenso laut auf alle schimpfend verließ, weil niemand etwas gekauft hatte. Thommy ließ sich müde und erschöpft auf einem freien, mit irgendwelchen Schriftzeichen beschmierten Sitz fallen und nickte kurz ein. Die letzte Strecke mit der U 8 hätte er eigentlich am U-Bahnhof Kottbusser Tor verlassen wollen, um nach kurzem Fußweg über die Kottbusser Straße sein heimisches Paul-Lincke-Ufer zu erreichen. Allerdings wachte er erst eine Station nach dem

Kottbusser Tor auf, als eine offenbar wütende
Frau ihren Freund anschrie und voller Wut mit
ihrer Handtasche nach ihm schlug, weil dieser
wohl offensichtlich gerade Schluss mit ihr
gemacht hatte. Daneben, dachte Thommy
gerade, als die Frau den armen Kerl knapp mit
der Handtasche verfehlte. Die Stimme kam ihm
allerdings bekannt vor, er rieb sich die Augen
und glaubte Karo zu erkennen. Der wollte er
weder in seinem noch in ihrem momentanen
Zustand begegnen und schlich sich aus dem Zug
und über den Bahnsteig des ziemlich leeren U-
Bahnhofs Schönleinstraße zum Ausgang. Anders
als man beim Namen dieses Bahnhofs erwarten
würde, befand man sich beim Verlassen des
Bahnhofs übrigens nicht in der Schönleinstraße,
sondern auf dem Kottbusser Damm. Den ging
Thommy zurück in Richtung Paul-Lincke-Ufer,
wobei er selbst bemerkte, dass sein Gang etwas
unsicher schwankend war. Aus diesem Grund
entschloss er sich auf Höhe der Kottbusser
Brücke eine kleine Pause einzulegen. Als
nächstes hörte er wieder eine vertraute Stimme.
Diesmal gehörte sie aber nicht zu einer Ex-
Lebensgefährtin, sondern zu seinem fast schon

persönlichen, im wahrsten Sinne des Wortes, Schutzpolizisten Klaus.

„Na, was machst du denn hier, eingepennt voll des süßen Weins, mein Guter? Komm rapple dich mal auf, wir fahren dich ausnahmsweise nach Hause. Das Paul-Lincke-Ufer ist ja gleich um die Ecke.", rief dieser fröhlich.

Thommy stieg in den Streifenwagen zu dem Streifenpartner von Klaus und fragte diesen etwas lallend: „Entschuldige, dass ich euch Umstände bereite, ich kenne deinen Namen noch nicht mal. Ich weiß nur, dass du der Kollege von Klausi bist!"

Der Polizist lachte und antwortete: „Ach, meinen Namen kannst du dir genauso leicht merken. Ich heiße auch Klaus und wir zwei sind sozusagen der große und der kleine Klaus."

Nach kurzer Fahrt erreichten sie den Hof und das kleine Gartenhäuschen. Klaus und Klaus begleiteten Thommy zur Eingangstür und klingelten. Marie kam an die Tür, sah Thommy zwischen den beiden Polizisten stehen und rief: „Bitte sagt mir jetzt nicht, dass der etwa in dem Zustand Auto gefahren ist. Wenn du das Auto eingebeult hast, kannst du dich auf was gefasst machen, mein liebes Freundchen."

Der große Klaus beeilte sich Marie zu versichern, dass Thommy natürlich nicht Auto gefahren sei, sondern nur ein kleines Schläfchen auf der Kottbusser Brücke halten wollte und sie ihn deshalb lieber aufgesammelt und nach Hause gebracht hatten. Marie war beruhigt und bat alle herein auf einen Kaffee. Als schließlich alle am Frühstückstisch Platz genommen hatten, brachte sie frischen Kaffee und für Thommy einen extra großen, extra starken Kaffee, den sie ihm mit den Worten hinstellte: „Hier Freundchen, das wirst du jetzt wohl brauchen. Ich glaube deine Stammtischbesuche begleite ich demnächst lieber mal. Die müssen wir wohl wieder etwas zivilisierter gestalten."

„Außerdem kannst du mich dabei dann gleich mal zum Essen einladen. Das habe ich mir verdient, dafür dass ich so gut auf dich aufpasse.", aber das murmelte Marie natürlich nur ganz leise vor sich hin, so dass es die Klausis gerade noch wahrnehmen konnten. An diese wandte sie sich aber gleich darauf: „Sagt mal ihr Beiden, ihr kommt doch auch zu unserem Einjährigen, oder? Wir feiern am übernächsten

Wochenende, am Samstagabend, hier bei uns, mit Grillen und Bier vom Fass. Jeder kann sich einen Schlafsack mitbringen und oben im Dachgeschoß übernachten. Dann muss niemand mehr im Suff Auto fahren."

Der große Klausi guckte den kleinen Klaus an und sagte spontan zu, fragte aber verlegen, was genau für ein Jahrestag das denn nun wäre. Marie musste selbst kurz nachdenken, aber dann erklärte sie es den beiden interessierten Polizisten. Eigentlich würden sie sich ja schon viele Jahre lang kennen und arbeiten auch genauso lange bereits zusammen. Fast genauso lang wären sie auch schon befreundet. Vor etwa einem Jahr haben dann ihre jeweiligen, Trennungen ergeben, dass sie zusammen nur noch über einen kompletten Hausrat und eine einzige Wohnung verfügten und seien daher zusammengezogen. Den Rest würden die Beiden ja kennen, zumindest den Teil der vielen sonderbaren Ereignisse seitdem sie nun zusammenlebten, an denen sie gelegentlich dienstlich beteiligt waren. Dem stimmte der große Klaus lachend zu, fragte aber trotzdem ganz vorsichtig: „Also habt ihr fast so etwas wie

eine richtige Lebensgemeinschaft, oder?"
Marie überlegte nicht lange und aus ihr
sprudelte geradezu heraus: „Ja irgendwie schon.
Ist fast wie eine langjährige Ehe, nur ohne Sex,
aber das soll ja in manchen langjährigen Ehen
fast genauso sein."
Als die beiden Klausis sich verabschiedeten rief
Marie ihnen noch an der Tür stehend hinterher:
„Übrigens hat unsere Feier zu unserem
Einjährigen auch ein Motto. -Zwei im Trab sind
wie einer im Galopp-, passt vielleicht sogar auch
auf euch beide, ihr Lieben."
Alle lachten, sogar Thommy, der gar nicht richtig
mitbekommen hatte um was es gerade ging,
aber das soll ja in langjährigen Ehen auch
gelegentlich der Fall sein, dass der werte Mann
im Haushalt nicht wirklich mitbekommt, wie der
ganze Kram funktioniert, weil die Frau eh immer
alles Wichtige organisiert, das ist meist wohl
auch besser so.

Der Termin für die Feier war schnell gefunden.
Da Berlin gerade einen sehr warmen Sommer
erlebte, war die wichtigste Voraussetzung
gegeben, denn der Garten und der Innenhof

waren ideal zum Feiern. Thommy und Marie saßen in der Nähe des Grills und beobachteten fasziniert Max, wie dieser den heißen Grillkäse auf dem Rost bändigte und gleichzeitig Tofu-Burger kreierte.

„Richtiges Fleisch und Würstchen wären längst fertig! Ist heute Veggieday?", grummelte Thommy.

„Es wird dir schmecken, mein Lieber. Wir essen zu viel Fleisch in letzter Zeit und werden demnächst mal ein paar andere Alternativen ausprobieren.", erklärte Max und zeigte mit seiner Grillzange auf die große Salatschüssel auf dem Tisch.

„Wir saufen auch zu viel, ändern wir das etwa auch?", gab Thommy zu bedenken.

„Hey langsam! Wir müssen es ja nun nicht gleich übertreiben!", mischte sich Marie ein.

Thommy schien sichtlich erleichtert. Beim Essen überlegten sich die drei, wer zur Jubiläumsfeier eingeladen werden sollte, und vor allem, wer besser nicht. Marie regte an, die Hausbewohner zu integrieren, um Ärger wegen Ruhestörung zu vermeiden. Klaus und Klaus würden schließlich zu den Gästen gehören und könnten dadurch gegebenenfalls nicht dienstlich schlichten. Max schlug vor, Einladungen im Vorderhaus und den Seitenflügeln auszuhängen. Viele weitere Vorschläge von Thommy und Marie folgten und Max notierte alle Namen Oldschool mit seinem Kugelschreiber auf einem Blatt Papier. Selbstverständlich hatte er dafür wieder ein entsprechendes Outfit parat. Es war ein ganz ungewohnter Anblick, denn Max trug eine klassische schwarze Hose mit Bügelfalte, ein weißes Hemd mit grauer Weste und einer fliederfarbenen Krawatte.

„Wer hat eigentlich den Sekretär eingestellt?", grinste Thommy und deutete auf Max.

Marie trat Thommy unter dem Tisch leicht gegen das Schienbein und beteuerte schnell, dass Max richtig schick aussehen würde.

Max hauchte Marie einen Kuss zu und schien sehr zufrieden mit sich.

„Bekommt die Party ein Motto und sollen eure Ex-Freundinnen auch eine Einladung erhalten?", wollte Max wissen.

„Das ist vielleicht etwas zu gefährlich. Ich erinnere nur ungern an das Messer von Moni oder das gefährliche Temperament von Lavinas

Mutter.", gab Marie zu bedenken.

„Klaus und Klaus könnten für uns ja ihre guten schusssicheren Westen mitbringen, dann wären wir nicht gefährdet.", zwinkerte Thommy Marie zu und gab noch das Motto der Feier aus: „Zwei im Trab sind wie einer im Galopp."

Max machte fleißig Notizen und nuschelte dabei vor sich hin.

„Gut, die Gästeliste ist fertig. Lasst uns jetzt über das Essen und die Getränke beraten.", meinte er zufrieden.

Thommy erklärte, dass Sally sich gerne darum kümmern werde, wenn sie die Personenanzahl wisse. Sie habe gute Catering Kontakte und wird ja schließlich ebenfalls eingeladen. Die Kneipe werde ausnahmsweise mal geschlossen sein.

„Also, um die Einladungen und Aushänge kümmere ich mich. Karten wurden bereits von mir gebastelt. Die Adressen hatte ich letztens schon aus Thommys Handy auf meines übertragen... Speis und Trank organisiert dann Sally...", fasste Max zusammen bevor er grob unterbrochen wurde.

„Du warst ungefragt an meinem Handy?", fragte Thommy entsetzt.

„Ja, aber nur zu deinem Besten. Damit wir dich immer wieder finden, wenn du auf Tour gehst, hatten Marie und ich letztens eine Tracking App auf deinem Gerät installiert. Das war gar nicht so einfach bei dem alten Ding. Und dabei zog ich mir gleich deine Kontakte für Notfälle.", erklärte Max stolz.

Marie rutschte peinlich berührt auf ihrem Stuhl hin und her.

„Ich wollte es dir eigentlich sagen, habe es dann irgendwie vergessen. Es tut mir leid. Aber es geschah wirklich nur aus Fürsorge und von den Kontaktdaten wusste ich nichts.", entschuldigte sich Marie kleinlaut.

„Woher wisst ihr denn überhaupt meinen Pin?", wollte der Überrumpelte wissen.

„Wenn du immer sechsmal die sechs auf deinem Display tippst, ist das echt nicht so schwer zu erkennen.", erklärten Marie und Max fast gleichzeitig.

„Bitte sei nicht verärgert. Das Handy hat bei dir eh keinen hohen Stellenwert und Geheimnisse haben wir doch sowieso nicht voreinander. Es war auch nur das eine Mal und nur zu deinem Schutz und Klaus und Klaus haben ja auch mal

dienstfrei und …", weiter kam Marie nicht
mit ihren Rechtfertigungen.

„Ist ja gut, ihr beiden kleinen Spione. So sehr
achteten ja nicht mal meine Eltern auf mich.
Aber demnächst wird wieder vorher
gefragt!", ermahnte Thommy seine leicht
errötete Mitbewohnerin.

Marie atmete erleichtert aus. Max war sich
keiner Schuld bewusst. Für ihn rechtfertigte der
Schutz seiner Lieben so einige Handlungen. Er
schaute zufrieden in die Runde. Nach dem Essen
raffte er seine Papiere hastig zusammen und
wünschte eine gute Nacht. Am nächsten Morgen
müsse er zur ersten Stunde in der Schule sein,
erklärte er beim Gehen.

„In zwei Wochen wird hier also wild gefeiert.
Und mir ist so, als hätten wir etwas bei der
Planung vergessen.", gab Thommy zu bedenken.

„Stimmt, wir haben nicht über die Musik
gesprochen. Aber da werden wir Alex fragen.
Der legt doch gelegentlich bei Veranstaltungen
auf und macht das mit Vergnügen. Das nötige
Equipment besitzt er auch.", strahlte Marie
Thommy an.

„Super Idee! Kannst du mir mal bitte den Termin

in mein Handy eintragen?", fragte Thommy mit einem leicht diabolischen Grinsen.

Marie ergriff wie selbstverständlich sein Gerät und entsperrte dieses. Dann stutzte sie und hielt inne.

„Echt jetzt oder veräppelst du mich gerade?", entgegnete sie unsicher.

Thommy lachte und beteuerte breit grinsend die Aufrichtigkeit seines Anliegens.

„Ich habe die Tracking App übrigens ebenfalls auf meinem Handy, so kannst auch du mich notfalls finden. Ich zeige dir, wie das geht.", erklärte Marie beim Tippen.

„Du bist nun wirklich nicht kontrollsüchtig, das weiß ich ja. Du hängst eben einfach nur so sehr an mir.", meinte Thommy versöhnlich.

Dem war nichts hinzuzufügen.

Die Zeit bis zur Feier verging wie im Fluge. Thommy und Marie verließen sich auf ihre Freunde, die sich den verschiedenen Aufgaben gewidmet hatten. Am besagten Tag stellte sich Marie einen Wecker und bereitete im Stillen ein umfangreiches Frühstück vor.

Leise schlich sie in Thommys Zimmer und trat

ans Bett. „Guten Morgen, mein Sonnenschein! Alles Liebe zu unserem Jahrestag wünsche ich dir!", flüsterte Marie.

Thommy rieb sich die Augen und setzte sich im Bett auf. Als die beiden mit freundschaftlichem Knuddeln fertig waren, gingen sie in die Küche und Thommy staunte nicht schlecht über das Frühstück. Marie erklärte ihm, dass eine gute Grundlage vor so einer Feier sehr wichtig sei, um diese gut zu überstehen. Außerdem müsse sie ja auch noch ein paar Vorbereitungen treffen.

Thommy fragte sich, was Marie damit meinte, widmete sich aber erst einmal der Stärkung.

Als etwas später Alex und Susi klingelten und ebenfalls am Tisch mit einem frischen Kaffee Platz nahmen, wollte er dann aber doch gerne wissen, was auf ihn zukommen würde.

„Wir wollen noch weitere Tische und Stühle sowie eine kleine Bar aufstellen, mein Mischpult mit Musikanlage und Boxen einrichten und eine kleine Bühne aufbauen.", erklärte Alex.

„Eine Bühne, echt jetzt?", fragte Thommy ziemlich überrascht.

„Ja, das ist ein Wunsch von Max, er sprach mich letztens an, ob ich das halbwegs stabil bauen

könnte.", gab Alex schulterzuckend von sich.
Thommy kannte Alex, der war ein geschickter
Handwerker. Mit ihm zusammen konnten die
Vorbereitungen sogar richtig Spaß machen.
Nach diesem kräftigenden Frühstück entschloss
sich Thommy locker an die Bauarbeiten und den
Tag heran zu gehen. So leerten alle in Ruhe ihre
Kaffeetassen und traten gemeinsam vor das
Häuschen. Alex und Susi waren schon fleißig
gewesen. Im Hof standen bereits die geborgten
Gartenmöbel der Nachbarn und Baumaterial mit
Werkzeug bereit. Zuerst wurde die Bühne
aufgebaut, das Equipment für die Musik und die
Bar aufgestellt und zum Schluss noch die vielen
Sitzgelegenheiten so verteilt, dass später die
Tanzwilligen ihrem Bewegungsdrang freien Lauf
lassen könnten.
Marie und Susi füllten die Bar mit Getränken
und schmückten den Hof abschließend noch mit
Lichterketten. Dabei dachte Marie unwillkürlich
an Karo, Thommys Ex, die diese Dekoration
damals wahrscheinlich auch noch sehr gerne
konfisziert hätte, aber die war ja zum Glück
nicht eingeladen.
„Wo ist eigentlich Max?", fragte Susi beiläufig.

„Seid mal ganz leise und spitzt die Lauscher!",
forderte Marie die anderen auf.

In der plötzlichen, kurzen Stille war deutlich das
Summen der Nähmaschine aus dem Stall zu
hören.

„Wir dürfen gespannt sein, was der da gerade
wieder ausheckt.", lachte Alex.

Thommy und Marie sahen sich etwas unsicher
an. Beide hatten so ein komisches Bauchgefühl.
Aber nun war es sowieso schon zu spät für
irgendwelche Einmischungen. Sie wurden dann
zum Glück jäh von Sally aus ihren Gedanken
gerissen, die im Hof mit einem Lieferanten vom
Catering-Service erschien.

„Hallöchen, ihr Fleißmeisen! Wo soll denn das
Buffet aufgestellt werden? Ach, lasst mich raten.
In der Küche, richtig?", fragte sie gutgelaunt.
Ohne auf eine Antwort zu warten, marschierte
sie Anweisungen gebend mit ihrem Anhang ins
Haus. Marie sah auf die Uhr und regte an, dass
jetzt jeder noch kurz Zeit zum Duschen und
Zurechtmachen habe, bevor die ersten Gäste
kommen würden. Zustimmend liefen Alex und
Susi mit ihrem Werkzeug zum Vorderhaus als
ihnen gutgelaunt wie immer Valeria und

Mareike durch das Hoftor entgegenkamen.
„Ah, unsere Barmädels!", rief Thommy erfreut.
Er erklärte den beiden Grinsebacken noch
schnell die Aufteilung der Bar und die Funktion
der Bierzapfanlage und wunderte sich, dass die
Beiden jungen Damen damit bereits bestens
vertraut waren. Er fragte sich, ob er die letzten
Jahre da irgendeine Entwicklung möglicherweise
übersehen hatte. Dann ging er grübelnd endlich
ins Bad. Marie war unterdessen bereits frisch
geduscht und umgezogen. Sie brauchte für eine
Frau, verhältnismäßig, nie sehr lange.
Das war in diesem Fall auch praktisch, denn sie
wollte unbedingt vermeiden, dass Thommy mit
löcherigen Socken oder Jeans erscheint. Das
würde schließlich auch auf sie und ihren Einfluss
zurückfallen. Deshalb entschied sie sich, ihm
seine Garderobe für den Abend auf sein Bett zu
legen. Dafür wird er mich nun hassen oder
lieben, dachte sie beim Durchstöbern seiner
Kleidung und notierte sich im Geiste, dass es
unerlässlich sein würde, mit ihm demnächst mal
shoppen zu gehen.
Schließlich trug sie zudem auch eine gewisse
Verantwortung für ihn, wenn er sich demnächst

mal irgendwann wieder als Single auf den Markt werfen würde. Marie lief nach draußen in den Garten zu Mareike, Valeria und Sally. Die Drei unterhielten sich gerade über die Bühne im Hof und ließen ihren Fantasien freien Lauf, was sich dort heute alles abspielen könnte, als aus dem Haus laut Thommys Stimme zu hören war:
„Das glaube ich jetzt nicht… danke Mutti!"
Alle schauten Marie fragend an.
„Ich habe ihm seine Kleidung für heute auf das Bett bereitgelegt.", grinste Marie.
Das löste allgemeine Heiterkeit bei den Mädels aus und wurde auch nicht besser als Thommy gut duftend, rasiert und im angemessenen Outfit im Türrahmen erschien. Beifall und leicht übertriebene Komplimente schlugen dem armen Mann entgegen. Sogar Rieke stimmte laut bellend ein.
„Alex, du musst jetzt endlich zur Unterstützung runterkommen. Die Weiber drehen durch!" rief Thommy in Richtung Vorderhaus.
Der erschien dann auch mit Frau und Tochter im Hof. Während Alex sich zur Musikanlage begab und zu Beginn erst einmal chillige Musik in leiser Lautstärke auflegte, servierten Mareike und

Valeria die ersten Getränke. Nach und nach füllte sich der gesamte Hinterhof mit Gästen. Klaus und Klaus waren in ziviler Garderobe fast nicht wiederzuerkennen. Aber einer fehlte da noch. Von Max war immer noch nichts zu sehen und inzwischen auch nichts mehr zu hören.

„Soll ich mal nach ihm sehen?", fragte Marie bei Alex nach.

Aber der riet davon ab, denn ihm war klar, dass Max etwas plante. „Stattdessen könntet ihr als Gastgeber mal eure Gäste begrüßen. Hier ist euer Mikrofon.", erklärte er und schob Marie in Richtung Bühne.

Noch bevor sie protestieren konnte, wurden die Hosts des Abends von Alex bei den Anwesenden mit Hilfe eines zweiten Mikrofons angekündigt. Thommy, der ebenfalls von der Aufforderung überrumpelt wurde, ergab sich seinem Schicksal wie so oft im letzten Jahr und begab sich auf die Bühne. Dabei zog er Marie mit sich. Trotz einer anfänglichen Verkrampftheit wurden die beiden beim Reden immer lockerer und lustiger. Sie berichteten von der ungeplanten, plötzlichen Entstehung ihrer Wohngemeinschaft und von kleinen Anekdoten im vergangenen Jahr, denn heute hätten sie ihren ersten Jahrestag, den sie mit ihren Lieben feiern wollten. Thommy wollte sich gerade bei den Gästen für ihr Erscheinen bedanken, da rief eine Frauenstimme aus der Besuchermenge: „Du kannst dich ja doch noch etwas gewählter und unterhaltsamer als ein Kreuzberger Hinterhofprolet ausdrücken!" Thommy erstarrt! Er suchte in der Menge nach Betty. Da stand sie. Gut sah sie aus, wie immer, dachte er. Noch bevor Thommy oder Marie auf die Überraschung reagieren konnten, flog die Stalltür auf und Max erschien. Alex bemühte sich die beiden dankend von der Bühne zu reden und anschließend den neuen Stern am Himmel von Berlin anzukündigen. Sally richtete grelles Scheinwerferlicht auf Max, als dieser nun auf die Bühne schritt. Er trug ein weißes langes Kleid, Pumps mit Perlons und eine dunkle Perücke. Er imitierte Zarah Leander mit dem Lied „Nur nicht aus Liebe weinen". Beim Refrain sangen alle Gäste mit, denn die alte Klamotte kannte nun wirklich jeder.

Die Spannung, die kurz durch Betty entstand, war wieder verpufft.

„Max hat uns mal wieder den Arsch gerettet.",

flüsterte Marie erleichtert in Thommys Ohr.

„Allerdings. Und sieh dir mal Betty an, die singt sogar mit.", staunte Thommy.

„Aber wieso ist die denn eigentlich überhaupt hier?", fragte Marie.

„Sieh mal, sie ist in Begleitung hier. Das ist ganz bestimmt ein Lehrerkollege von Max oder ihr selbst.", philosophierte Thommy.

Marie wurde durstig und wollte sich gerade durch die tanzende Menge zur Bar schlängeln, denn Alex spielte nach Max´ Darbietung gerade „Tequila", als auch sie ein Gesicht erblickte, welches sie nur einmal in den letzten zwölf Monaten gesehen hatte.

Neben der Bar stand sie.

Ein Piccolöchen in der einen, Captain Kirks Leine an der anderen Hand.

Marie grübelte nach dem Namen. Jenny, Jenny die Stewardess, die Flugente, fiel es ihr wieder ein. Diese erblickte nun auch Marie und winkte ihr mit der Hundeleine leicht zu.

„Huhu Darling! Kennst du mich noch?", lächelte die dralle Flugbegleiterin.

„Du im neutralen Kostüm, da musste ich jetzt aber zweimal hinsehen.", scherzte Marie.

„Aber Darling, du hast mich doch auch schon ganz ohne Uniform gesehen…", gab sie augenzwinkernd zurück.

Marie errötete leicht.

„Ich habe mich ja so sehr über eure Einladung gefreut.", erklärte Jenny.

In dem Augenblick kam Thommy dazu: „Welche Einladung?"

„Na eure Einladung zur Party. Toll habt ihr hier alles arrangiert! Super Musik, lustige Leute, leckerer Sekt, alles perfekt!", strahlte Jenny.

Thommy und Marie sahen sich an und ihnen wurde plötzlich schlagartig alles klar.

„Max, du Blödmann!", entfuhr es den beiden.

Thommy wollte gerade zum Stall stürmen, um zu erfahren, wer noch an diesem Abend aufkreuzen würde, da sprang die Stalltür erneut auf und Max erschien im glitzernden blauen, sehr engen Hosenanzug mit Plateauschuhen, eroberte die Bühne und Alex am Pult wusste, jetzt ist die Zeit für den Song „Dancing Queen" gekommen.

Max gab alles und die Gäste feierten ihren neuen Star.

Wirklich gut, dass die Nachbarschaft ebenfalls

eingeladen wurde, dachte Marie.

„Komm Thommy, sei ihm nicht böse. Es handelt sich bestimmt um ein Missverständnis. Vielleicht kommen keine weiteren Ex-Freundinnen. Ist er nicht der Knaller auf der Bühne?", versuchte Marie zu schlichten.

Dann mussten beide doch sehr über die äußerst gelungene Darbietung lachen und freuten sich über die gute Stimmung bei den Gästen. Darauf stießen Thommy und Marie mit einem frischen Bierchen an. Jenny räusperte sich geräuschvoll, um zu signalisieren, dass sie auch noch da wäre.

„Willst du mir nicht mal deine neue Bettwäsche zeigen?", wandte sie sich an Marie.

„Sorry Jenny, heute habe ich keine Flugstunde für dich. Aber wenn du magst, machen wir jetzt gerne ein Tänzchen.", versuchte Marie die Situation zu entschärfen.

Jenny fragte Valeria und Mareike hinter der Bar, ob sie mal kurz auf Captain Kirk aufpassen könnten, und tippelte Marie hinterher auf die Tanzfläche.

„Na, anstrengender Abend für euch?" fragte Mareike grinsend.

„Der Abend scheint noch viele Überraschungen

parat zu haben.", ergänzte Valeria ebenso grinsend.

Die Töchter lachten sich kaputt hinter der Bar und stellten den Mops auf den Tresen.

„Hier wache ich!" kommentierte Valeria laut.

Beide quietschten vor Vergnügen. Thommy nahm sein Bier und ergriff die Flucht. Er wollte ein bisschen mit seinen Gästen quatschen. Max war inzwischen wieder in seinem Stall und Alex heizte nun die Menge an. Thommy führte gerade ein angeregtes Gespräch mit einer hübschen Mieterin aus dem Vorderhaus, als er Lavina wutentbrannt auf die Tanzfläche zustürmen sah, drei Meter dahinter folgend ihre robuste Mutter. Wo kamen die denn plötzlich her, dachte Thommy.

Marie hatte die Gefahr noch nicht bemerkt und tanzte weiterhin völlig ahnungslos mit Jenny. Plötzlich stellten sich Klaus und Klaus dem temperamentvollem Doppelpack entgegen.

„Ihr schon wieder? Keinen Schritt weiter! Ihr werdet hier die gute Stimmung nicht verderben. Wir müssen euch bitten sofort zu gehen!", gab der große Klaus im geübten, scharfen Befehlston zu verstehen.

„Lasst uns sofort durch zu Marie und ihrer neuen Flamme oder ich hole die Polizei!", keifte Lavina und ihre Mutter schaute als würde sie gleichen beißen. Jedenfalls wirkte sie um einiges bedrohlicher als Captain Kirk.

„Die ist schon da.", entgegnete der kleine Klaus und klemmte sich die bissige Mutter unter den Arm, um mit ihr zur Straße zu laufen. Der große Klaus schien beeindruckt vom spontanen Tatendrang seines Namensvetters, schnappte sich die zappelnde Lavina und folgte seinem Freund und Kollegen zur Straße.

Erst jetzt wurde Marie auf die äußerst komische Situation aufmerksam und lief zu Thommy.

„Was ist denn hier los?", fragte sie.

„Dieses Mal haben die beiden Klausis uns mal außerdienstlich gerettet. Hast du Gesprächsbedarf mit Max?", grinste Thommy leicht diabolisch.

„Allerdings! Der muss doch etwas ganz gewaltig mit der Gästeliste völlig falsch verstanden haben!", stöhnte Marie.

Thommy sah sich unsicher bei den Gästen um.

„Ach komm, wir können jetzt eh nichts mehr ändern, lass uns einen ordentlichen Gin-Tonic trinken gehen. Unsere Mädels bekommen den inzwischen richtig gut hin.", munterte Marie Thommy auf.

Der war auch sofort einverstanden. An der Bar fiel Thommy auf, dass Captain Kirk nicht mehr da war.

„Ersetzt der jetzt das Spanferkel?", scherzte er.

„Nee, der hat mit seinem Frauchen einen Abflug gemacht als die Furie mit ihrer Mutter auf der Bildfläche erschien.", erklärte Mareike.

„Ist wohl auch besser so! Wir haben schon gewettet, wer hier als nächstes erscheint. Also ich tippe ja auf die messerwerfende Moni.", grinste Valeria.

„Und ich wette, dass Karo hier auch gleich noch erscheint, angelockt durch die vielen, bunten, übrigen Lichterketten.", konterte Mareike.

Beide Töchter zwinkerten sich etwas gehässig zu und fielen erneut in lautes Gelächter.

„Um was habt ihr denn gewettet?", wollte Marie wissen.

„Um die Bezahlung eines gemeinsamen, niveauvollen Kinobesuches, bevorzugt eines modernen Problemfilms.", erklärte Valeria mit Lachtränen in den Augen.

„Valeria, du hast vorerst die Wette gewonnen.“, erklärte Marie und deutete zum Hoftor.

Sally stand dort mit Moni und redete auf sie ein.

Als Moni Thommy an der Bar erkannte, lief sie zielstrebig auf ihn zu.

„Vielen Dank für die Einladung. Ich wusste erst nicht, wie ich darauf reagieren sollte, dachte mir dann aber, dass wir es vielleicht doch noch mal miteinander versuchen sollten.“, erklärte Moni völlig ungeniert vor den anderen Anwesenden.

„Fehlt dir noch für irgendein Projekt das nötige Kleingeld?“, fragte Marie bissig.

Moni wurde leicht rot.

„Da bist du ja, ich habe dich schon überall gesucht.“, ertönte eine lachende sehr feminine Stimme.

Die hübsche Mieterin aus dem Vorderhaus fiel Thommy überschwänglich um den Hals.

Monis Gesichtsfarbe wechselte von leichter Röte in ein Dunkelrot. Alle traten instinktiv einen Schritt zurück, denn Moni wirkte wie ein Vulkan kurz vor dem Ausbruch. Beruhigt stellte Marie fest, dass Klaus und Klaus sich beobachtend rechts und links neben die Bar positioniert hatten. Sally wollte nach erfolgloser Ansprache am Hoftor kein Risiko mehr eingehen und suchte die beiden vorsichtshalber auf.

Es kam, was kommen musste. Die Stalltür sprang zum dritten Mal auf, und Max schritt wiederholt auf die Bühne. Er trug einen absolut fantastisch sitzenden, erdfarbenen, dreiteiligen Anzug in braunem Karo-Tweed-Stoff im Stil der zwanziger Jahre.

Alex war gut vorbereitet und spielte „Mack The Knife".

Und auch Susi machte ihren Job als Beleuchterin ausgezeichnet. Kein Frank Sinatra und kein Robbie Williams präsentierten diesen Klassiker je besser als das Multitalent Max. Das Publikum war begeistert und spendete riesigen Beifall.

„Ich glaube, du gehst jetzt besser. Deine Einladung war ein Irrtum, genau wie du selbst für Thommy! Also verschwinde und komm nie wieder her, sonst wirst du mich kennen lernen!", zischte Marie bedrohlich in Monis Ohr, ganz unbemerkt von den anderen, denn Max hatte mit seiner Vorstellung die volle Aufmerksamkeit. Scheinbar war Marie sehr überzeugend, denn Moni entschloss sich unverzüglich die Örtlichkeit zu verlassen.

Nach dem Beifall bedankte sich Max bei den Gästen und bat um Aufmerksamkeit.

Er erklärte seinen Zuhörern kurz aber amüsant, wie er damals Marie und Thommy kennen und lieben gelernt hatte. Und es war ihm eine große Ehre bei den Einladungskarten zu helfen, obwohl er sich schon wunderte, dass die beiden ihre teilweise temperamentvollen Ex-Freundinnen einladen wollten. Aber durch das Ausleihen der Schutzwesten von Klaus und Klaus wäre ja notfalls die Sicherheit der beiden gegeben. Die Gäste lachten, denn sie hielten das Geschilderte für einen Scherz. Thommy und Marie sahen sich an und waren die Einzigen, die nicht lachten.

„Für meine letzte Darbietung an diesem wunderschönen Abend mit so netten Gästen habe ich mir Unterstützung für ein Duett geholt. Bitte begrüßt mit mir Karo!", kündigte Max seine Gesangspartnerin an.

Die ersten Klaviertöne von „The Winner Take It All" waren zu vernehmen und Karo erschien leicht verlegen auf der Bühne. Aber sie machten das beide richtig gut, und Max sowie das ganze erfreute Publikum halfen Karo die anfängliche Schüchternheit abzulegen.

„So, wenn ich mich nicht verrechnet habe, sind wir jetzt mit den Überraschungsgästen durch. Sina lebt in Wien und Nicolette in Paris, die werden wohl nicht extra angereist sein.", stellte Marie gegenüber Thommy fest.

„Inzwischen wäre mir das schon fast egal. Aber eines steht mal fest, wir werden diese Feier nie vergessen! Wo ist eigentlich Moni?", fragte Thommy und sah sich unsicher um.

„Die musste plötzlich gehen.", entgegnete Marie knapp und hatte dabei so einen seltsamen Gesichtsausdruck, den Thommy nur zu gut kannte.

„Ok, da Karo von unseren Gästen gefeiert wird, droht von der Seite wohl keine Gefahr mehr. Vielleicht lernt sie sogar jemanden kennen. Wollen wir mal zum Buffet gehen? Ich wette, du hast, genau wie ich, davon wohl noch gar nichts genossen.", regte Thommy an.

„Das ist eine sehr gute Idee, ich habe einen tierischen Hunger. Und später machen wir beiden Hübschen noch ein Tänzchen!", legte Marie fest. Sie nahm Thommy an die Hand und lief mit ihm zur Küche. Der arme Kerl wusste genau, dass er sich diesem einen Pflichttanz nicht entziehen konnte, und eigentlich gehört so ein kleines Tänzchen ja auch zu einem Einjährigen dazu. Die Feier wurde ein Erfolg. Zu fortgeschrittener Stunde stellte sich heraus, dass Max, als er mit Marie die Kontaktdaten aus dem iPhone von Thommy kopiert hatte, vergaß, dass da auch noch alle Kontakte zu den jeweiligen Ex-Freundinnen der beiden einjährigen Jubilare ungelöscht bei waren. Deshalb hatte er die versehentlich auch eingeladen. Aber als Klaus und Klaus am nächsten Morgen langsam aus ihren Schlafsäcken krochen und sich auch die übrigen Bewohner und Gäste, die über Nacht geblieben waren, langsam zum Kaffeeautomaten in der Küche begaben, stellten alle fest, dass dieses kleine Versehen, neben dem dadurch erlebten Gefahrenpotenzial, auch einen ganz großen, entscheidenden Unterhaltungswert hatte. Sicher würden einige der Gäste und Anwohner am Paul-Lincke-Ufer noch viele Jahre lang über die beiden Furien lachen, die von Klaus und Klaus so professionell zum Gehen überredet wurden.

Selbst in Kreuzberg sind solche renitenten Überraschungsbesucherinnen nicht unbedingt immer zu erwarten gewesen. Max seinerseits vereinbarte noch in der Küche beim Kaffeeschlürfen, zusammen mit Alex und Susi, demnächst öfter solche Auftritte wie bei der Feier machen zu wollen. Sally schlurfte dabei gerade müde in die Küche, hörte von dem Vorhaben und bot spontan die Räumlichkeit ihrer Kneipe im Vorderhaus an:

„Damit verdienen wir alle mit eurem Hobby ein kleines Taschengeld dazu. Ich zahle euch eine kleine Gage für den Auftritt, das Auflegen und die Beleuchtung und ihr füllt mir dafür die Gaststätte mit zahlender Kundschaft. Ich denke daran das monatlich einmal, immer am letzten Samstag des Monats, anzubieten."

Schnell waren sich alle einig. Klaus und Klaus erbaten sich dafür einen Stammplatz als treue Fans, der ihnen sofort zugesagt wurde. Valeria und Mareike, die für einen kleinen Job mit Zusatzverdienst als junge Leute immer zu haben waren, wurden von Sally als Aushilfen am Tresen verpflichtet. Zwei attraktive, nette, junge Damen als Aushilfskellnerinnen würden dabei zusätzlich die Stimmung und das Geschäft beleben, dachte sich Sally nicht ganz uneigennützig. Alle waren zufrieden und verließen so nach und nach das kleine Gartenhäuschen, bis Marie und Thommy alleine zurückblieben, sichtlich geschafft, aber glücklich.

Kapitel 4

Ein kurzes Resümee mit Ausblick

Ein Jahr war vergangen. Es schien ihnen so als wenn die Zeit nur so dahingerast wäre. Aber war das nicht immer schon so gewesen, wenn sich die Ereignisse überschlugen, seit Menschen gedenken?

Da saßen sie nun, Marie und Thommy, nach einem Jahr ihres Zusammenlebens, nach einigen diversen Erlebnissen und vielen lustigen Begebenheiten. Dort in ihrem kleinen, fein ausgebauten Gartenhaus im Hinterhof eines Kreuzberger Wohnhauses, wo im letzten Jahr so viel passiert ist und wo sie jetzt zufrieden an ihrem Frühstückstisch saßen und zu zweit Kaffee tranken nach einer zünftigen, ordentlichen Kreuzberger Jubiläumsfeier zu ihrem Jahrestag.

War es jetzt nicht Zeit, vielleicht einmal ein kleines, gemeinsames Resümee über die vielen Ereignisse des letzten Jahres zu ziehen.

„Du," sagte Marie mit einer langen Betonung, „ich bin richtig zufrieden, dass ich hier damals einziehen konnte. Ich glaube das war die optimale Lösung für uns beide. Der Versuch war, was mich betrifft, erfolgreich. Ich fühle mich wohl."

Thommy schaute Marie über seine Kaffeetasse hinüberblickend an: „Ich bin auch zufrieden hier Gesellschaft zu haben und wir verstehen uns ja auch und passen aufeinander auf. Unser kleines Experiment hat eindeutig funktioniert. Ich finde auch, dass wir so weitermachen sollten. Aber jetzt, wo wir uns doch gemeinsam eingelebt haben und der Stress mit unseren sonderbaren Frauen etwas nachlässt, was machen wir dann eigentlich demnächst für Blödsinn?"

„Ich weiß nicht. Über unsere Erlebnisse könnte man eigentlich schon fast ein Buch schreiben.", sinnierte Marie herum.

Thommy blickte auf und stellte die Kaffeetasse beiseite: „Das ist es! Wir schreiben ein Buch über unsere Erlebnisse. Genug Stoff zum Verarbeiten in einem Buch haben wir doch im letzten Jahr nun wirklich erlebt."

Marie überlegte laut: „Hm, gute Idee. Ich glaube da hätten wir Spaß dran, aber sollten wir das wirklich so, wie wir es meinen erlebt zu haben aufschreiben, kommen wir doch glatt in die Klapsmühle. Außerdem gibt es ja auch ein paar Leute, die das im Nachhinein vielleicht gar nicht so lustig fanden wie wir beide."

„Stimmt wohl," stellte Thommy fest, „aber wir könnten ja die Namen verändern, einiges dazu erfinden, dabei unsere Fantasie großzügig einsetzen, die einzelnen Episoden aufteilen und neu zusammensetzen und dabei die Abläufe so verfremden, dass niemand sich selbst oder irgendjemand anderen, den er kennt, ernsthaft darin wiedererkennen und meckern kann."

„Genau," rief Marie jetzt aufgeregt, „damit ist es beschlossen, wir schreiben zusammen ein Buch. Und wenn wir damit ein paar Euro verdienen sollten, verwalte ich das Geld so lange, bis wir eine schöne Feier mit allen unseren Freunden davon bezahlen können und wenn dann noch etwas übrig ist könnten wir im Anschluss gleich tapezieren."

Natürlich, dachte Thommy, das ist wirklich wie in einer langjährigen Ehe, die Frau hat das Geld und bestimmt was damit finanziert wird. Aber es war ihm egal, schließlich würde Marie schon dafür sorgen, dass alles so funktioniert, wie sie es sich hiermit nunmehr vorgenommen hatten. Zufrieden lehnte er sich im Stuhl zurück, aber nur für einen kurzen Moment, denn Marie gab ihm sofort zu verstehen, dass sie schnell mit diesem Projekt anfangen wollte, Widerspruch zwecklos. Er seufzte und ergab sich seinem unabwendbaren Schicksal und das auch noch gerne und irgendwie zufrieden.

Weitere Bücher der Autoren

Titel: Hetero Daddy und Gay Mom – die
kollegiale Idealkombination
Untertitel: Wahrhaft lustige Anekdoten einer
ganz eigenen Beziehung
Autoren: Birgit Klischat, Volker Meyer
Bilder: u.a. Vanessa Klischat, Meike Meyer
ISBN: 978-3-7519-7773-9
Verlag: BoD – Books on Demand, Norderstedt

Titel: Hetero Daddy und Gay Mom – der Unfug geht weiter
Untertitel: Neue lustige Anekdoten
Autoren: Birgit Klischat, Volker Meyer
Bilder: u.a. Vanessa Klischat, Meike Meyer
ISBN: 978-3-7526-5733-3
Verlag: BoD – Books on Demand, Norderstedt

Titel: Als Donar, Frey und Loki ausgeschlafen
haben

Untertitel: Ein humorvolles Zurechtfinden der
alten Hohen im Hier und Jetzt

Autor: Volker Meyer

ISBN: 978-3-7519-9423-1

Verlag: BoD – Books on Demand, Norderstedt

Titel: Was man als angehender Heide so alles
erleben und überleben kann
Untertitel: Eine humorvolle Suche im
Neuheidentum
Autor: Volker Meyer
Cover/Bilder: u.a. Meike Meyer
ISBN: 978-3-7519-3227-1
Verlag: BoD – Books on Demand, Norderstedt

Titel: Die Steinformation aus Findlingen in
Woltersdorf bei Berlin
Untertitel: Eine fast vergessene Senke mit
Steinreihen im Wald
Autoren: Ing. (Bau) Ernst Zienow, Meike Meyer,
Volker Meyer
Bilder: Volker Meyer, Rudolf Färber (Bottrop)
ISBN: 978-3-7519-6746-4
Verlag: BoD – Books on Demand, Norderstedt